FACULTÉ DE MÉDECINE ET DE PHARMACIE DE BORDEAUX

ANNÉE 1903-1904 N° 91

DE LA PSYCHOLOGIE

DES

VOLEUSES dans les GRANDS MAGASINS

THÈSE POUR LE DOCTORAT EN MÉDECINE

présentée et soutenue publiquement le 19 Février 1904

PAR

Pierre-Henri-René SOUBOUROU

Né à Saint-Jean-d'Angely (Charente-Inférieure), le 8 mai 1877

Examinateurs de la Thèse :
MM. MORACHE professeur .... Président
PITRES professeur ....
CABANNES agrégé .... Juges
RÉGIS chargé de cours

Le Candidat répondra aux questions qui lui seront faites sur les diverses parties de l'Enseignement médical.

BORDEAUX

IMPRIMERIE DU MIDI, P. CASSIGNOL

91 — RUE PORTE-DIJEAUX — 91

1904

FACULTÉ DE MÉDECINE ET DE PHARMACIE DE BORDEAUX

ANNÉE 1903-1904   N° 91

DE LA PSYCHOLOGIE

DES

VOLEUSES dans les GRANDS MAGASINS

THÈSE POUR LE DOCTORAT EN MÉDECINE

présentée et soutenue publiquement le 19 Février 1904

PAR

Pierre-Henri-René SOUBOUROU

Né à Saint-Jean-d'Angely (Charente-Inférieure), le 8 mai 1877

Examinateurs de la Thèse :	MM. MORACHE	professeur	Président
	PITRES	professeur	
	CABANNES	agrégé	Juges
	RÉGIS	chargé de cours	

Le Candidat répondra aux questions qui lui seront raites sur les
diverses parties de l'Enseignement médical.

BORDEAUX

IMPRIMERIE DU MIDI, P. CASSIGNOL

91 — RUE PORTE-DIJEAUX — 91

1904

Faculté de Médecine et de Pharmacie de Bordeaux

M. PITRES................ Doyen. | M. DE NABIAS...... Doyen honoraire.

PROFESSEURS

MM. MICÉ...............)
DUPUY............... } Professeurs honoraires.
MOUSSOUS............ |
FIGUIER..............)

	MM.		MM.
Clinique interne.....	PICOT.	Chimie............	BLAREZ.
	PITRES.	Histoire naturelle ...	GUILLAUD.
Clinique externe....	DEMONS.	Pharmacie.........	N.
	LANELONGUE.	Matière médicale....	DE NABIAS.
Pathologie et théra-		Médecine expérimen-	
peutique générales.	VERGELY.	tale.............	FERRÉ.
Thérapeutique......	ARNOZAN.	Clinique ophtalmolo-	
Médecine opératoire.	MASSE.	gique............	BADAL.
Clinique d'accouche-		Clinique des maladies	
ments............	LEFOUR.	chirurgicales des en-	
Anatomie pathologi-		fants............	PIÉCHAUD
que.............	COŸNE.	Clinique gynécologique	BOURSIER.
Anatomie.........	CANNIEU	Clinique médicale des	
Anatomie générale et		maladies des enfants	A. MOUSSOUS.
histologie........	VIAULT.	Chimie biologique...	DENIGES.
Physiologie.......	JOLYET.	Physique pharmaceu-	
Hygiène..........	LAYET.	tique............	SIGALAS.
Médecine légale....	MORACHE.	Pathologie exotique.	LE DANTEC.
Physique biologique et			
électricité médicale	BERGONIÉ.		

AGRÉGÉS EN EXERCICE :

SECTION DE MÉDECINE (*Pathologie interne et Médecine légale.*)

MM. AUCHE. | MM. MONGOUR.
SABRAZÈS. | CABANNES.
HOBBS. |

SECTION DE CHIRURGIE ET ACCOUCHEMENTS

Pathologie externe { MM. VILLAR.
BRAQUEHAYE
CHAVANNAZ.
BÉGOUIN.
Accouchements.) MM. FIEUX.
ANDERODIAS.

SECTION DES SCIENCES ANATOMIQUES ET PHYSIOLOGIQUES

Anatomie....... { MM. GENTES.
CAVALIÉ.
| Physiologie......... MM. PACHON,
Histoire naturelle.... BEILLE

SECTION DES SCIENCES PHYSIQUES

Chimie............ MM. BENECH. | Pharmacie......... M. DUPOUY.

COURS COMPLÉMENTAIRES :

Clinique des maladies cutanées et syphilitiques...........	MM. DUBREUILH
Clinique des maladies des voies urinaires...............	POUSSON.
Maladies du larynx, des oreilles et du nez..............	MOURE.
Maladies mentales................................	REGIS.
Pathologie interne................................	RONDOT.
Pathologie externe	DENUCE.
Accouchements...................................	FIEUX.
Physiologie.....................................	PACHON.
Embryologie....................................	PRINCETEAU
Ophtalmologie	LAGRANGE.
Hydrologie et Minéralogie..........................	CARLES.

Le Secrétaire de la Faculté: LEMAIRE.

A MON PÈRE ET A MA MÈRE ..

Faible témoignage de ma reconnaissance

———

A MON ONCLE ET A MA TANTE

———

A MES SŒURS ET A MES BEAUX-FRÈRES

———

A MES NEVEUX

MEIS ET AMICIS

A MONSIEUR LE DOCTEUR RÉGIS

CHARGÉ DU COURS COMPLÉMENTAIRE DES MALADIES MENTALES

A LA FACULTÉ DE MÉDECINE DE BORDEAUX

CHEVALIER DE LA LÉGION D'HONNEUR

OFFICIER DE L'INSTRUCTION PUBLIQUE

A mon Président de Thèse

MONSIEUR G. MORACHE

PROFESSEUR DE MÉDECINE LÉGALE A LA FACULTÉ DE MÉDECINE

DE L'UNIVERSITÉ DE BORDEAUX

MEMBRE ASSOCIÉ DE L'ACADÉMIE NATIONALE DE MÉDECINE

AVANT-PROPOS

Arrivé au terme de nos études, nous considérons comme un devoir de remercier nos maîtres des Hôpitaux et de la Faculté qui nous ont aidé de leurs conseils et de leurs science.

M. le Professeur Morache, dont nous avons suivi les magistrales leçons, si pleines d'intérêt, a bien voulu accepter la présidence de notre thèse. Sa bienveillance et sa bonté habituelles pour les jeunes pourront seules trouver pour nous une excuse au modeste travail que nous lui présentons.

Que M. le Professeur Arnozan, dans le service duquel nous avons commencé les études médicales, veuille bien accepter le témoignage de notre profonde gratitude.

M. le Professeur Piéchaud, avec lequel nous avons passé une année d'externat qui restera comme une des plus fructueuses et des plus agréables, voudra bien recevoir ici l'expression de notre reconnaissance.

Nous nous honorons d'avoir été l'externe du professeur Demons.

Nous tenons à offrir l'expression de nos sentiments reconnaissants à M. le Professeur Pitres, M. le Professeur Badal, M. le Professeur Lefour qui furent pour nous des maîtres dont la bienveillance n'a d'égale que leur science.

M. le Professeur agrégé Pachon, dans le laboratoire duquel nous avons passé de nombreuses et bonnes journées de travail, a été pour nous un guide précieux; à lui aussi, merci.

Que M. le Dr Bézian, de Gujan-Mestras, ancien interne des

Hôpitaux, veuille bien nous permettre de le remercier de ses précieux conseils et de l'accueil si sympathique qu'il nous a toujours fait.

Je n'oublie pas les camarades de l'Hôpital et de la Faculté que je quitte. Ils rendront pour moi inoubliables les années d'études médicales que j'ai passées à Bordeaux.

R. S.

INTRODUCTION

Time is money. Cette constatation, qu'avec leur sens pratique et observateur les Anglais avaient faite depuis longtemps, est devenue la règle qui de nos jours s'impose à l'activité humaine.

A la vie calme, régulière et reposante d'autrefois a succédé une vie de travail intensif et de luttes sans trêve. Les goûts modestes d'hier ont fait place aujourd'hui, grâce aux progrès de l'art, de la science et de l'industrie, aux appétits sans cesse grandissants des jouissances de toutes sortes.

Pour mener de front cette double vie de travail et de plaisir, il n'est pas trop de temps, de tout le temps même qu'on peut prendre au repos, car si le temps c'est de l'argent, le temps, c'est aussi de l'économie.

L'idée devait venir à des esprits avisés de mettre à profit cette modification survenue dans les goûts et les mœurs. Rassembler dans un même lieu les objets les plus variés, réunir dans un seul magasin les articles, les marchandises éparses dans cent autres, et épargner ainsi à l'acheteur une perte de temps toujours préjudiciable, mettre en valeur dans un cadre grandiose, en une exposition habilement combinée, les multiples produits de l'industrie, offrir à la foule, acheteurs ou curieux, un spectacle brillant comme un décor de féerie et joindre ainsi l'attrait de l'utile à celui de l'agréable, telle est l'œuvre qui en ces dernières années a été tentée et qui a obtenu la consécration du succès.

Dans l'intérêt de leur commerce, les fondateurs de ces maisons y ont apporté un degré de perfectionnement qui ne laisse plus rien à désirer et en font un véritable chef-d'œuvre

d'organisation. Faire naître l'envie d'acheter même sans
besoin, faire désirer leurs produits par les moins envieux,
tel est le résultat auquel ils sont arrivés.

Tout chez eux est fait pour plaire et solliciter la clientèle :
prospectus sans nombre, catalogues illustrés distribués à
profusion, qui vont chercher la femme jusque dans son
intérieur, provoquer ses désirs et lui persuader qu'acheter
dans de telles conditions dérisoires de bon marché est presque faire une spéculation heureuse et de sage prévoyance ;
les ventes réclames hebdomadaires où les objets utiles ou
de première nécessité sont vendus au-dessous de leur valeur
réelle, mais qui font non seulement un mouvement d'argent,
mais aussi donnent l'occasion de faire d'autres achats ; la
ruse des *x francs quatre-vingt-quinze centimes* qui fait à
première vue paraître les objets moins chers ; les marchandises marquées en chiffres connus, tels sont, parmi bien
d'autres, les procédés habiles des grands magasins.

Pour donner satisfaction à la clientèle féminine, rien n'a
été négligé ; car c'est, en effet, la femme qui en est la meilleure
cliente.

Des ascenseurs ou des trottoirs roulants ont été installés,
car il ne faut pas que la femme se fatigue et qu'elle puisse
rester longtemps (quelle femme, d'ailleurs, se fatigue dans
les magasins). L'été, des ventilateurs entretiennent une
température fraîche ; l'hiver, des calorifères donnent une
douce chaleur qui suscite une sensation de bien-être.

L'architecture y a été particulièrement soignée, le recru-
tement même du personnel a été l'objet de la sollicitude des
organisateurs. Il faut qu'on y voie des visages jeunes et
agréables. Faut-il citer encore l'entrée libre, les salons de
lecture ou de rafraîchissements gratuits, dans certains
magasins, l'apport des marchandises à domicile, l'échange
des objets qui ont cessé de plaire, etc.

Rien n'est ici inutile, il faut que tout concoure à attirer la
femme, que tout concoure aussi à la retenir. Satan n'eût
pas mieux fait, s'il eût voulu de nouveau perdre la femme.

A la vue de tant de richesses étalées sur le comptoir, en un désordre savant, bien en vue dans un jour propice et non comme autrefois au fond d'un magasin mal éclairé, tout ce qu'il y a dans la femme de désir, de coquetterie et d'instinct de bien-être se réveille. Elle peut enfin les toucher ces richesses, elle peut les palper, les manier sans appeler l'aide ou demander l'autorisation d'un employé. Elle peut faire valoir elle-même l'éclat des rayons ou le moelleux d'une étoffe. Personne ne vient lui demander compte de ses intentions... Elle est chez elle. Elle y vient se griser de lumière, de luxe et de bruit, et son épiderme délicat peut lui procurer, au contact soyeux des étoffes, de voluptueuses sensations. Et tout cela dans une atmosphère saturée de parfums grisants qui l'enivrent. La femme est incapable de résister à tant de pièges tendus autour d'elle, et elle prend l'habitude de venir aux grands magasins.

Elle y est venue d'abord par nécessité. Elle y revient ensuite par goût, par plaisir, par passion. Elle se dit qu'une visite dans les grands magasins n'est pas une chose blâmable en soi, que rien ne l'oblige à acheter, que ce n'est là qu'une simple et peu coûteuse distraction. Mais bientôt sa visite lui devient indispensable. Elle se laisse prendre à cet attrait, comme l'oiseau à la glu, ce n'est plus une distraction d'un moment, c'est un besoin de chaque jour.

Tant d'art employé pour attirer et retenir la femme ne pousse pas seulement à l'achat, mais finit par amener quelqu'unes d'elles jusqu'au vol. Dans ces grands établissements, où tout a été si merveilleusement combiné, rien n'a été fait pour les arrêter sur cette pente glissante; tout semble fait, au contraire, pour leur favoriser le larcin. La foule est compacte, la surveillance relativement relâchée et la tentation est si forte !

Il y a bien des inspecteurs chargés du soin de prendre les voleurs en flagrant délit et de surveiller les comptoirs, mais ils sont en nombre insuffisant et, comme il leur faut avant tout éviter le scandale, ne font-ils que de rares exemples.

La clientèle étant surtout féminine, ce sont donc surtout des voleuses qui sont les coupables.

On trouve parmi elles deux catégories bien distinctes. Les unes, et pour la plus grande part, sont des professionnelles du vol à l'étalage, qui font de leurs délits un commerce, catégorie banale s'il en fut et qui reste dans le domaine judiciaire. Mais on est surpris d'y trouver une autre classe de voleuses appartenant à un rang social souvent même élevé, les voleuses des grands magasins femmes du monde.

Elles ont reçu une bonne éducation ; leur honorabilité n'a été jusque là, et à bon droit, suspectée par personne, leur mari ou leur famille occupent un situation respectable et elles sont surprises en flagrant délit de vol.

Que faut-il penser et comment cherchera-t-on à s'expliquer une conduite aussi étrange. Voici une femme qui a chez elle tout ce dont elle a besoin, qui n'est par conséquent pas talonnée par la faim, qui peut même se payer beaucoup de ses fantaisies, à qui sa famille ou son mari alloue une certaine somme d'argent pour tenir décemment son rang social, somme presque toujours suffisante ; qui a dans son porte-monnaie de quoi payer ses achats et qui est accusée formellement de vol dans un grand magasin. Cette femme du monde a conscience de sa situation sociale, elle sait très bien qu'une accusation de ce genre est une cause de déshonneur qui rejaillira non seulement sur elle mais aussi sur ceux qu'elle aime ; cette femme, qui vit dans un milieu honnête, cherchera à s'approprier par un vol un objet la plupart du temps de peu de valeur et qui ne lui sera d'aucune utilité.

Rien ne semble au premier abord expliquer une telle conduite et le juge, dérouté, s'est alors adressé au médecin.

CHAPITRE PREMIER

On a donné à la monomanie du vol le nom de kleptomanie ou klopemanie (de κλοπη, *vol* et μανια, *manie*). Esquirol et ses élèves avaient déjà, il y a trois quarts de siècle, défini la monomanie ainsi : « C'est un délire partiel opposé au délire général. »

Ils distinguaient trois sortes de monomanies, portant sur les facultés intellectuelles, les facultés affectives et enfin sur la volonté. Ils les appelaient monomanie intellectuelle, monomanie affective ou raisonnante et enfin monomanie sans délire ou monomanie instinctive. C'est cette dernière qui nous occupe ici.

« Le malade, dit Esquirol, hors des voies ordinaires est entraîné à des actes que la raison ou le sentiment ne déterminent pas, que la conscience réprouve et que la volonté n'a plus la force de réprimer ; les actions sont involontaires, instinctives, irrésistibles. »

Marc consacre un chapitre important à la kleptomanie. « Ce n'est pas seulement, dit-il, du penchant au vol qui se manifeste au milieu d'une aberration plus ou moins générale de l'intelligence, penchant très souvent raisonné, d'après les principes d'intérêt, que nous voulons parler ici ; c'est plus particulièrement de cette propension instinctive, irrésistible, au vol dont il va être question maintenant, propension presque toujours permanente, qui porte celui qui en est atteint à s'emparer furtivement d'objets qui sont la propriété d'autrui et forme ce que nous appelons la kleptomanie, dans lequel enfin la raison conserve, à cela près, tout son empire. »

Esquirol avait fait de la monomanie une entité morbide

spéciale ; mais au moment où il la décrivait, la paralysie générale, qui tient maintenant une si grande place dans l'aliénation mentale, venait d'être décrite, et à mesure que la science a fait des progrès on fut amené à rapprocher les monomanies des troubles du système nerveux.

Morel, dans son *Traité des dégénérescences*, a fait prendre place à la kleptomanie dans la catégorie des aberrations mentales, avec les phobies ou terreurs irraisonnées, l'imbécillité ou l'idiotie.

La kleptomanie n'était déjà plus une maladie spéciale, de même que la pyromanie ou manie incendiaire et l'homicidomanie, mais un symptôme d'un trouble cérébral, trouble lié à une cause pathologique comme l'hystérie et son cortège de névroses, à la paralysie générale ou à des troubles physiologiques et passagers.

Ce n'était déjà plus une entité morbide, mais une complication d'un état pathologique ou physiologique. Un déséquilibré n'est pas forcément un voleur, mais il peut être poussé à la kleptomanie comme il peut être poussé à boire, à jouer, à mettre le feu ou à exhiber ses parties génitales : la cause est la même, l'acte seul diffère.

Dans la catégorie qui nous occupe, nous trouvons deux facteurs, la femme et le magasin. Nous avons signalé les avantages en même temps que les pièges que les grands magasins tendent à la femme pour la conquérir et la posséder. Nous avons dit tout ce qui peut la faire tomber en l'attirant, et si l'on étudie maintenant le second facteur, la femme qui vole, on s'aperçoit que la plupart des femmes du monde surprises en flagrant délit de vols à l'étalage sont plutôt des victimes que des coupables et qu'elles ont presque toutes une tare nerveuse quelconque.

Dans une statistique établie par le docteur Dubuisson et sur 111 voleuses soumises à l'examen médical nous trouvons :

33 cas d'affections cérébrales, paralysie générale, ramollissement cérébral, faiblesse d'esprit et troubles délirants.

Puis 26 cas de malades épuisées physiquement et moralement, atteintes de neurasthénie ou de maladies organiques,
ou morphinomanes.

Enfin une troisième catégorie, la plus nombreuse, comprenant 52 cas parmi lesquels sont rangées les femmes ayant
des symptômes d'hystérie, chez lesquelles cette affection n'est
pas seule en cause, mais aussi les accidents physiologiques
de la vie sexuelle de la femme (puberté, règles, grossesse,
ménopause).

Dans le courant de sa vie, la femme est sujette à des crises
qui agissent puissamment sur son système nerveux. L'influence des fonctions génitales sur les fonctions intellectuelles est considérable et il n'est pas étonnant que leur
établissement joue un grand rôle dans la psychicité de la
femme.

Cabanis, dans son *Traité du rapport du physique et du
moral* [1], dit : « Il est notoire que dans certaines dispositions
des organes internes, et notamment dans les viscères du bas-
ventre, on est plus ou moins capable de sentir et de penser.
Les maladies qui s'y forment changent, troublent et quelquefois intervertissent l'ordre des idées et des sentiments.
Des appétits extraordinaires et bizarres s'y développent, des
images inconnues assiègent l'esprit, des affections nouvelles
s'emparent de la volonté. »

Puisque l'état des viscères du bas-ventre peut intervertir
entièrement l'ordre des sentiments et des idées, il peut aussi
occasionner la folie, qui n'est autre chose que le désordre ou
le défaut d'accord des impressions ordinaires, mais il peut
aussi faire naître des délires qui sont aigus et passagers.

« Il en est qui sont chroniques [2] et dans lesquels les extré-
mités sentantes des nerfs, qui composent ce que l'on appelle
les sens, ne se trouvent pas du tout affectées ou du moins ne
le sont que secondairement, les délires alors se guérissent

[1] CABANIS, Rapports du physique et du moral, I, p. 107.
[2] CABANIS, *Loc. cit.*

S.

par des changements directs opérés dans l'état des parties intéressées.

» La sensibilité de ces organes est si vive, qu'elle est susceptible des plus grands désordres, l'étendue de leur influence sur tout le système fait que ces désordres deviennent presque toujours généraux et sont principalement ressentis par le centre cérébral. »

Les observations que nous donnons plus loin montrent bien que si certaines femmes peuvent être poussées vers un délire ou une manie pendant certains états de leur vie sexuelle, et dans le cas qui nous occupe vers la monomanie du vol, le délire ou cette manie cesse en même temps que la cause. Ces troubles ne sont que passagers, disparaissent, pouvant faire leur réapparition à une autre crise. Mais ce délire ou cette manie ne sera que partielle, les autres fonctions intellectuelles ou psychiques étant néanmoins intactes la plupart du temps.

§ I

L'époque de la puberté chez la jeune fille nous présente des phénomènes encore plus frappants que chez le jeune homme. La jeune fille à cet âge change absolument de caractère ; ses amusements ne sont plus les mêmes, elle devient plus sérieuse et semble commencer à comprendre le rôle pour lequel la nature l'a créée ; mais aussi que de troubles pathologiques surgissent de tous côtés ! C'est l'âge délicat. La moindre impression laisse une trace souvent ineffaçable. Dans les familles pieuses, chez lesquelles les enfants sont poussées vers la religion, on voit souvent apparaître la mélancolie religieuse et la jeune fille être entraînée vers le mysticisme comme elle serait portée vers tout autre sentiment contraire poussé à l'exagération.

Cabanis l'a dit : « C'est alors que l'univers commence pour elle réellement à exister, que tout prend une âme et une signification ; c'est alors que le rideau semble se lever tout à coup aux yeux de ces êtres incertains et étonnés, que leur âme reçoit en foule tous les sentiments et toutes les pensées relatives à une passion, l'affaire principale de leur vie, l'arbitre de leur destinée et dont elles répandent quelquefois sur la nôtre le charme ou les douleurs. »

Il est certain, en effet, qu'à cette époque la jeune fille se trouve en état de moindre résistance pour réfréner ses passions ou ses désirs et que la puberté laisse la porte ouverte à toutes les névroses et à leurs conséquences psychiques. Les vols accomplis par des jeunes filles de famille ne sont pas rares au moment de la puberté. Marc a publié dans les *Annales d'hygiène* un mémoire sur la monomanie du vol. Il résulte de ses recherches et de celles des médecins allemands que les vols étaient plus fréquemment commis par des jeunes filles de neuf, douze, quinze, dix-huit ans que par des filles d'un âge plus avancé. Hencke et Marc attribuaient cette disposition à l'arrêt et au trouble de développement des phénomènes physiques et moraux de la puberté.

Qu'il nous soit permis de citer une observation de vols accomplis par une jeune fille à l'âge de la puberté, vols qui, s'ils n'ont pas été commis dans un grand magasin, n'en sont pas moins typiques.

OBSERVATION I

(LUNIER, *Annales médico-psychologiques*, 1880, II, p. 211.)

Il s'agit de Mlle X..., treize ans, bien constituée, d'une bonne santé habituelle. Son père, qui était bijoutier, s'apercevait depuis quelque temps que les petites cuillères d'argent disparaissaient de son magasin.

Il prévint la police qui ne tarda pas à découvrir que la voleuse n'était autre que la propre fille du négociant.

Je fus appelé à examiner l'enfant, dont j'obtins rapidement la confiance et qui me raconta qu'elle ne pouvait passer devant la devanture du magasin de son père sans être entraînée comme malgré elle à dérober une petite cuillère, jamais autre chose. Ce n'était d'ailleurs pas pour les vendre ou s'acheter des colifichets qu'elle volait. Sur ses indications, en effet, on les retrouva toutes dans la fosse d'aisance de la maison.

Je ne pus découvrir chez cette enfant aucun signe d'aliénation mentale. Elle resta chez ses parents, mais deux ans après elle fut prise d'accidents hystériformes assez graves.

§ II

« L'orgasme nerveux dont la première apparition de règles est accompagnée, se renouvelle en partie aux périodes menstruelles suivantes qui ramène cette commotion. A chacune de ces époques, la sensibilité devient plus délicate et plus vive » (1).

La femme, même la plus saine, est à ses époques en proie à des troubles plus ou moins accentués ; changement d'humeur, propension à la colère pour le plus léger motif ou la moindre des contrariétés, humeur bizarre et fantasque, voulant, puis ne voulant plus, telle est souvent la situation morale de beaucoup de femmes pendant leurs règles. Malheureusement, leur émotivité ne se borne pas toujours à ces petits effets, car l'on a pu constater de véritables faits de folie menstruelle.

Un des premiers cas observés ou analysés le fut en 1823. Une femme avait été jetée en prison à cette époque pour avoir tué son enfant. Elle fut condamnée à mort sans avoir pu expliquer son crime en aucune façon. Pendant son séjour en prison, prise à chaque période menstruelle de troubles cérébraux, examinée plus complètement par les médecins qui l'observaient, elle fut placée dans un asile. Depuis, bien des cas semblables furent rapportés. « Les phénomènes qui se produisent au moment de la menstruation sont très nombreux et pour la plupart d'ordre congestif, portant sur la plupart des organes, souvent même ils intéressent le système nerveux tout entier » (2).

Il est notoire qu'au moment de la menstruation les femmes éprouvent des phénomènes insolites du côté du système nerveux. Le fait le plus commun est la migraine, qui peut

(1) CABANIS, *Loc. cit.*
(2) CABANIS, *Loc. cit.*

être considérée comme le début d'une légère excitation céré-brale.

Mais à côté de ces phénomènes habituels, on voit parfois survenir chez certaines femmes des bizarreries de caractère atteignant un degré excessif, pouvant aller jusqu'à la manie aiguë, quelquefois même jusqu'à la folie.

La monomanie du vol, entre autres, a été souvent obser-vée. « La monomanie du vol, dit Brière de Boismont, semble redoubler d'intensité pendant la période menstruelle ». Il cite l'observation d'une dame fort bien élevée qui dérobe pendant ses menstrues, avec une infinie adresse, tout ce qu'elle trouve, soustrait le larcin à toutes les recherches et s'emporte si on lui fait une observation à ce sujet. Dans d'autres moments, elle répond : « Si j'ai agi ainsi, c'est que j'étais folle. C'est à vous de me surveiller. »

Les grands magasins sont là, flattant la manie et la favori-sant ; qu'il nous soit permis de citer quelques observations, nous réservant de les commenter dans un chapitre sui-vant.

Observation II

(Lunier, *Annales médico-psychologiques*, 1880. Vols à l'étalage.)

Mme P..., vingt-huit ans, veuve, est arrêtée dans un grand magasin pour avoir volé quatre paires de bas de femme valant ensemble 2 fr. 60.

Mariée à dix-huit ans. A cette époque, elle était sujette à des accidents vertigineux, survenus à l'âge de quinze ans à la suite d'une suppression menstruelle subite, déterminée par une émotion.

Le rétablissement des fonctions menstruelles et, plus tard, le mariage semblent avoir fait disparaître les accidents vertigineux, mais ils ne tardèrent pas à reparaître.

A la préfecture de police, le professeur Lasègue délivre le certificat suivant : « Vertiges épileptiques, troubles passagers de la raison, amé-norrhée depuis cinq mois. Suffocations hystériques par intervalles ; état actuel de calme et de lucidité. Aucun délire spécial. »

Tous les mois, à l'époque menstruelle, elle était prise de véritables accès de folie avec hallucinations. Pendant ces crises, qui duraient quatre ou cinq jours, Mme P... présentait les allures d'une femme en état d'ivresse. Elle chancelait et se tenait à peine sur ses jambes. Elle ne savait ni ce qu'elle faisait ni ce qu'elle disait, se mettait à parler allemand, agissant et marchant en quelque sorte comme une somnambule.

C'est pendant ces crises que Mme P... commit les vols, presque toujours insignifiants d'ailleurs, pour lesquels elle fut arrêtée à plusieurs reprises.

Mme P... fut l'objet d'une ordonnance de non-lieu.

OBSERVATION III

(DUBUISSON, *Voleuses des grands magasins.*)

La demoiselle A... est accusée de vol dans un grand magasin. Elle a été surprise par un inspecteur au moment où elle emportait vingt-deux coupons de dentelle. Conduite au commissariat de police, elle a déclaré spontanément que l'on trouverait chez elle vingt-deux autres coupons de dentelle volés par elle dans les mêmes conditions quelques jours auparavant. Elle fait donc les aveux les plus complets. Ce qui frappe en elle, c'est qu'elle paraît beaucoup moins honteuse de la faute commise que des conséquences qui peuvent en découler. En effet, lorsqu'on lui demande d'expliquer comment elle, jeune fille jusqu'ici irréprochable, a été amenée à commettre un acte si contraire à ses principes, à ses mœurs, à son éducation, elle répond ce que tant d'autres ont répondu avant elle : « La tentation a été trop forte. En présence de ces dentelles, j'ai perdu la tête et j'en ai mis dans mon panier autant qu'il a pu en contenir. S'il eût été plus grand j'en aurais mis davantage. C'était une frénésie, une folie ». Et elle ajoute que ce vol est de sa part d'autant moins compréhensible qu'elle ne porte jamais de dentelles, qu'elle n'est pas coquette, etc. « Et cependant, ajoute-t-elle, c'est plus fort que moi, rien ne m'eût empêché de les prendre. »

La menstruation chez elle ne s'est jamais convenablement établie. Les époques sont irrégulières et toujours accompagnées d'accidents nerveux.

Ce sont des maux de tête, des spasmes, des douleurs aiguës en différents points du corps, mais surtout un état d'éréthisme qui la prédispose à toutes les sottises, à toutes les violences. « Quand je suis dans mes règles, dit-elle, il ne faut pas qu'on me contredise, qu'on me tourmente. Je ne me contiens plus. »

Mlle A... a volé à deux reprises : la première fois, c'était à la fin d'une époque menstruelle ; la seconde fois, au début de la suivante. Lors de son premier vol, elle était allée au grand magasin pour faire des achats. Passant près des coupons de dentelle, elle ne put résister à la tentation qui tout à coup l'assaillit, et en prit quelques-uns. Lors de son second vol, elle a pris vingt-deux coupons de dentelle d'un seul coup et serait probablement revenue à la charge si un inspecteur n'avait pas mis un terme à ses opérations délictueuses.

Elle ne cache pas que, dans l'intervalle qui a séparé les deux vols, l'obsession des coupons de dentelle ne l'a pas quittée, mais elle a eu pendant ces quelques semaines la force de résister.

Il a fallu qu'une nouvelle époque arrivât, amenant avec elle les troubles habituels, pour qu'elle passât du désir à l'acte.

OBSERVATION IV (DUBUISSON)

Mme U... est une femme de trente-neuf ans, qui a été atteinte, à l'âge de douze ans, d'une fièvre typhoïde grave d'où elle est sortie déséquilibrée. La formation se fit chez elle à quatorze ans, très douloureuse. Deux ans après elle se mariait, et depuis lors chaque époque menstruelle est accompagnée, précédée ou suivie d'accidents pathologiques plus ou moins graves.

Très peu équilibrée et très peu raisonnable à l'ordinaire, elle perd au moment de ses règles tout à fait la tête. Ce n'est plus simplement alors une femme particulièrement émotive et nerveuse, c'est une extravagante, une folle. Tout l'irrite, elle entre dans des colères effroyables à propos de rien. Elle veut, jusque dans ses caprices les plus absurdes, être satisfaite à l'instant. Elle bouscule et frappe ses domestiques, que son mari ne retient à son service qu'à prix d'or. Elle brise ou jette par la fenêtre tout ce qui lui tombe sous la main. C'est ainsi qu'elle s'est débarrassée dernièrement d'une paire de boucles d'oreille en diamant.

Les calmants n'ont aucun effet sur elle dans ces moments-là. Son mari n'a d'autres ressources que de la tenir enfermée et de lui servir de garde-malade, évitant autant qu'il peut qu'aucun domestique ne pénètre auprès de sa femme, mais n'arrivant pas toujours à se préserver lui-même des effets désagréables de cette excitation maladive. Une boisson dont la température n'est pas à la convenance de Mme U..., un mot malencontreux prononcé devant elle, un désir trop lentement satisfait, c'en est assez pour amener des explosions de colère qui dépassent toute mesure.

Le 31 décembre, jour où elle a commis les actes qui lui sont reprochés, elle se trouvait en pleine crise. Son mari crut pouvoir s'absenter quelques instants pour aller acheter quelques cadeaux du jour de l'an; elle en profita pour s'évader — s'évader est le mot propre.

Cette femme, qui est fort riche, n'a jamais fait son marché elle-même, et qui ne mange jamais de poisson, s'empare subitement du filet de sa cuisinière et se sauve en déclarant qu'elle va aux halles — où elle n'a jamais mis les pieds — acheter un poisson. Elle passe devant un grand magasin dont elle est une cliente sérieuse, s'y précipite, saisit ostensiblement deux peignes et un lacet de corset et se dirige vers la sortie. Sur le seuil elle est arrêtée.

Quand on lui demande ce qu'elle a éprouvé durant cette expédition bizarre, comment elle a été poussée à sortir subitement de chez elle, quelle idée l'a prise de rentrer dans le grand magasin où elle n'avait rien à faire, elle déclare ne se souvenir de rien et est incapable de répondre. Tout ce qu'elle peut dire, c'est que le surlendemain elle se figurait avoir rêvé.

Observation V (Résumée).

(Bontemps, Thèse de Lyon 1894.)

Sur réquisitoire de M. Bérard, substitut du procureur de la République, en date du 8 décembre 1884,

Ai visité à deux heures de l'après-midi, à la prison Saint-Joseph, la nommée K..., femme X..., âgée de quarante-quatre ans, détenue sous l'inculpation de vol, à l'effet de dresser rapport de son état mental.

Cette femme nous raconte qu'elle a eu dix-neuf enfants, dont cinq seulement ont survécu. L'aîné a vingt-six ans et le plus jeune neuf ans. A l'âge de vingt ans, après une fausse couche, elle fut atteinte de folie et enfermée à l'Antiquaille, dans le service de M. Artaud. Depuis cette époque, son caractère est devenu très impressionnable et très pénible. Lorsqu'elle a des ennuis (surtout au moment de ses règles), elle ne sait plus ce qu'elle fait, elle perd la mémoire, il lui prend des envies de briser n'importe quoi, des chaises, des assiettes sur lesquelles elle passe ainsi sa colère. Son mari, nous dit elle, a dû supporter de cruelles scènes.

Au sujet du vol qu'elle a commis, elle nous dit que la veille du jour où elle a été arrêtée, elle eut une dispute avec son mari et avait pleuré toute la nuit. Le lendemain, allant au marché, elle eut envie d'une dinde : elle s'empressa de satisfaire son envie et déroba la dinde. Pourquoi ne l'a-t-elle pas payée ? Elle ne peut le dire. Elle avait cependant de l'argent dans la main et ne voulait nullement voler la dinde.

Il y a neuf ans, elle eut une violente émotion pendant qu'elle était enceinte et fut paralysée de tout le côté droit. Elle resta dix-huit mois sans parler.

Conclusions. — La nommée K..., femme X..., est atteinte de paralysie du côté droit, marquée surtout au bras et à la main. C'est une cérébrale. Au moment de ses règles il se passe chez elle des modifications dans la circulation du cerveau qui déterminent une perte de l'équilibre des facultés mentales. Elle doit être considérée comme irresponsable de ses actes. Son état nécessite un traitement approprié.

Observation VI (Résumée).

(Bontemps, Thèse de Lyon 1894.)

Je soussigné, J.-A.-E. Lacassagne, professeur de médecine légale à la Faculté de médecine de Lyon, demeurant rue de la Charité, 58, sur réquisition de M. le Substitut de M. le Procureur de la République, en date du 12 février 1882,

Serment préalablement prêté, ai visité sept fois, à la prison Saint-Joseph, la nommée L..., à l'effet de dresser un rapport de son état mental et dire spécialement si, à l'époque de ses règles, elle est atteinte d'une sorte de délire périodique atténuant sa responsabilité.

1° Le vol dont cette femme est accusée a été commis le 5 février 1882. Elle a déjà été condamnée trois fois pour vol : en 1869, en 1871 et en 1877. Elle nous dit qu'un de ses oncles maternels a été enfermé dans un asile d'aliénés.

2° Elle est âgée de trente-quatre ans, de taille au-dessus de la moyenne, et paraissant avoir un état de santé convenable. Il est assez difficile d'avoir d'elle des réponses convenables. Elle répond mal aux questions qui lui sont adressées et pleure presque constamment, se plaignant de son séjour en prison et de la peine que lui cause l'éloignement de sa famille.

Il n'y a rien de particulier à signaler du côté des sentiments. Elle a un grand attachement pour sa famille. Afin d'être complètement fixés sur les désordres de son intelligence et les faits spéciaux que pouvait révéler un examen continu, nous avons interrogé les sœurs du service et ses compagnes d'atelier. Nous avons appris qu'elle pleure continuellement, dort peu la nuit, ne cause jamais à ses voisines. Elle mange assez bien et ses fonctions digestives s'accomplissent normalement.

Afin de répondre aux termes plus précis du réquisitoire, nous avons dû attendre l'apparition des règles. Celles-ci sont venues dans la nuit du dimanche 5 au lundi 6. Lundi matin, quand nous arrivons à la prison, nous apprenons que la nuit a été plus agitée, qu'elle a parlé et crié, au point de déranger ses camarades de chambrée. En effet, elle paraît plus abattue, plus fatiguée qu'à l'ordinaire. Ses réponses sont plus lentes, sa langue est blanche. Le mercredi 8, nous la revoyons, les règles ont à peu près cessé et le calme semble revenir. Elle avoue elle-même qu'elle se sent mieux et répond plus facilement aux questions que nous lui adressons.

Conclusions. — La nommée L... n'est pas aliénée, toutefois son état mental ne paraît pas absolument normal et il semble qu'au moment de ses règles, sous l'influence du trouble circulatoire que celles-ci occasionnent, cette disposition maladive s'exagère, sans toutefois déterminer un véritable délire. Cet état peut atténuer sa responsabilité.

Observation VII (Dubuisson)

Mme D... est fille d'aliénée et, par là même, se trouve prédisposée aux troubles mentaux. Comme antécédents personnels, elle accuse une fièvre typhoïde à douze ans et des troubles méningitiques à quatorze ans. Les suites de cette maladie n'auraient disparu qu'à sa formation. « Les règles l'ont sauvée, disait-on autour d'elle ». Mais la menstruation, d'ailleurs difficile, amena, comme cela n'est que trop fréquent chez les héréditaires, tout un cortège de symptômes nerveux et, en particulier, des céphalées caténiales extrêmement pénibles qui, pendant plusieurs années, l'obligèrent à rester pendant une semaine entière au lit.

Mariée à dix-neuf ans, elle eut cinq enfants. Ces couches successives n'étaient certainement pas faites pour améliorer son état nerveux.

Les céphalées caténiales dont elle souffrait autrefois sont aujourd'hui de moindre durée et ne l'obligent que rarement à garder le lit, mais elles s'accompagnent de parésie de la langue et des bras et surtout d'une excitation cérébrale qui, tant qu'elle dure, fait d'elle une folle. Elle oublie ce qu'elle vient de faire ou ce qu'elle doit faire. Elle ne comprend plus ce qu'on lui dit et éprouve un besoin de déambulation que rien ne calme et, chose plus grave, elle est en proie à de véritables hallucinations. Elle voit des précipices qui l'attirent et a des entretiens avec des êtres imaginaires. Dans ces moments, elle est impuissante à se contenir. Elle a un air égaré, ne supporte ni mari ni enfants, fait des scènes abominables à tout le monde, déclare qu'elle en a assez, qu'elle va partir et si, par hasard, le moment est venu de se mettre à table, elle bouscule et brise tout. Dans ces périodes d'excitation, elle s'élance dehors et court vers tout ce qui la sollicite. Elle va et vient en dix endroits différents dans la même journée et n'exprime qu'un regret, c'est de ne pouvoir être partout à la fois. C'est alors qu'elle vole. Quand elle passe devant un étalage et qu'elle voit des objets dont elle a besoin, c'est plus fort qu'elle, dit-elle, il faut qu'elle s'en empare. Elle sait parfaitement que si elle sort en pareil état elle va commettre quelque sottise et comprend non moins bien qu'elle devrait s'enfermer chez elle : « Mais comment faire pour ne pas sortir, s'écrie-t-elle avec rage. »

Observation VIII (Inédite).

(Due à l'obligeance de M. le Dr Régis.)

Mme Marguerite-Jeanne B..., née R..., est âgée de vingt-sept ans.

Père mort à cinquante-cinq ans, de ramollissement cérébral avec paralysie.

Mère morte à vingt-cinq ans, de la poitrine. Un frère qui a vécu dix mois seulement.

Pas de maladie dans la première enfance. A douze ans, maladie nerveuse qui dura un an. A certains moments, elle causait sans savoir ce qu'elle disait, se promenait sur les toits sans savoir où elle allait. Elle resta une année sans aller à la pension. Réglée cette année-là, elle vit disparaître ses crises. Depuis, plus de crises nerveuses. Pas d'autres maladies. L'année dernière, à la suite de la mort de son père, elle fut très frappée et resta dix-neuf jours sans parler ni pouvoir articuler un son. Elle ne pouvait manger qu'avec les plus grandes difficultés. Elle eut des idées noires et, pour la distraire, on la fit voyager. Elle était devenue indifférente à tout, incapable de soutenir un effort. A Saint-Jean-de-Luz, où elle se trouvait, elle eut du torticolis du cou et du spasme probablement hystérique. Elle voulut rentrer. Quelques jours après (17 octobre 1903), les règles revinrent et en même temps fièvre et dothiénentérie. Elle eut du délire pendant deux jours, puis prostration. Elle resta alitée un mois. Elle en sortit très faible physiquement et moralement. Elle sent elle-même qu'elle ne peut s'occuper de rien, malgré son désir. La mémoire est affaiblie, « elle n'en a presque plus, dit-elle. »

Mariée depuis six ans. Une grossesse, un enfant vivant, de quatre ans; sa grossesse fut mauvaise. Elle a rendu presque tout le temps jusqu'à la fin, régulièrement aux mêmes heures, de minuit à quatre heures, même lorsqu'elle ne prenait rien ou quoi qu'elle prît. Règles toujours très douloureuses; énervée, agacée et changeant de caractère pendant toutes ses périodes. Quelques leucorrhées. Appétit médiocre, capricieux. Constipation de tout temps; teint pâle, sommeil lourd. Elle rêve à des choses invraisemblables, parle souvent la nuit. Son mari l'interroge et obtient des réponses. Céphalées, tournements de tête. Elle ne se rappelle plus ses rêves, sauf cependant qu'ils sont terrifiants.

Pas de troubles de la sensibilité.

Rien au cœur. Ovaire droit un peu douloureux.

Rapport médico-légal sur Mme Marguerite-Jeanne B..., née R...

(Inédit et dû à l'obligeance de M. le Dr RÉGIS.)

Nous, soussigné, docteur en médecine, chargé du cours des maladies mentales à l'Université de Bordeaux, aliéniste-expert près les tribunaux de Bordeaux, invité par M. B..., à donner son avis sur l'état mental de Mme B..., née R..., âgée de vingt-sept ans, sa femme, et dire si elle est responsable du vol à l'étalage commis le 4 décembre 1903, avons après examen résumé dans la consultation médico-légale ci-dessous le résultat de nos constatations :

Mme B..., née d'une mère morte de tuberculose à vingt-cinq ans et d'un père qui a succombé à cinquante-cinq ans, d'un ramollissement cérébral, a des antécédents personnels névropathiques très accusés.

Elle fut atteinte à douze ans d'accidents hystériques à forme somnambulique qui durèrent un an et disparurent sous l'influence de sa première menstruation. Elle resta nerveuse, impressionnable et sujette à des crises de somnambulisme nocturne pendant lesquelles son mari la faisait parler.

De nouveaux accidents hystériques se sont produits au mois d'août 1903, à la suite de chagrins. Ces accidents se caractérisaient par de la tristesse, des spasmes du cou à forme de torticolis et par des vomissements incoercibles.

Pour dissiper cet état, on la fit voyager dans les Pyrénées. Elle en revint plus fatiguée et au retour fut atteinte de fièvre typhoïde.

Mme B... est sortie de cette fièvre typhoïde avec une anémie générale profonde qui existe toujours. Psychiquement, elle a de l'obnubilation des facultés, de la diminution de la mémoire, de l'incapacité au travail, de l'indifférence pour toute chose, et aussi de l'énervement, de l'irritabilité. Elle a des crises de subconscience durant lesquelles elle vit et agit comme dans un rêve.

C'est dans une de ces crises de subconscience hystérique qu'elle a accompli le vol qui lui est reproché.

Affaire. — Le 14 décembre, c'était le troisième jour de ses règles, elle était très animée, très surexcitée. Venue passer la journée à Bordeaux avec son mari ; elle avait eu le jour même avec lui, à déjeuner, une discussion et lui avait fait une scène de jalousie (elle avait reçu des lettres anonymes au sujet d'une femme de La Réole qui était venue à Bordeaux et elle avait vu là une coïncidence). Au sortir du déjeuner ils allèrent au Café de Bordeaux un instant ensemble, puis elle alla seule aux « Nouvelles-Galeries ». Il pouvait être deux heures et demie ou trois heures. Elle était à ce moment-là très ennuyée, énervée, crispée ; elle sentait qu'elle s'étouffait. Il y avait beaucoup de monde dans le grand magasin. Elle y resta environ deux heures, ayant rendez-vous avec son mari à quatre heures et demie. Tout d'abord elle se promena, elle acheta des voilettes et quelques petits objets qu'elle paya avec l'argent (50 francs) que lui avait donné son mari. Elle continua à se promener dans le magasin en attendant l'heure à laquelle son mari devait venir la prendre. Elle se dirigea vers un comptoir et y déroba une douzaine de mouchoirs de femme et une cravate qui était à côté. Elle a vu les mouchoirs, les a trouvé très jolis et les a mis dans son sac sans se rendre compte de ce qu'elle faisait ni où elle était. Cela fait elle s'achemina vers la porte où elle fut arrêtée. Deux inspecteurs la conduisirent à leur bureau. Là elle revint à elle, offrit de régler, mais les inspecteurs ne voulurent à aucun prix. A ce moment elle comprend la gravité de l'acte qu'elle avait commis, cependant elle ne pleure pas et n'a pas de crise de nerfs. Depuis, elle y pense nuit et jour et ne peut expliquer son acte. « C'est comme un rêve pour elle. »

Il est impossible de ne pas voir, d'après ces données, qu'il s'agit là d'une forme pathologique d'un vol à l'étalage.

Mme B... dans ces derniers temps a vu son état de santé profondément atteint, sous l'influence d'anémie et de chagrins et d'une fièvre typhoïde. Psychiquement, son hystérie s'est réveillée, exacerbée encore par son époque menstruelle. Elle a exécuté son vol à l'étalage sans se rendre compte de ce qu'elle faisait et sans avoir réellement conscience de son acte.

J'atteste que Mme B... n'est pas responsable.

Mme B... fut acquittée.

§ III

Pendant le cours de leur grossesse, certaines femmes voient également leur état psychique changer. Les unes ont une mobilité de caractère qui ne leur est pas ordinaire, d'autres, des perversions de goût et un changement dans leurs affections. Pour certaines, le mari ou les enfants, le mari surtout est un objet d'indifférence ou même de répulsion ; d'autres sont atteintes pendant la grossesse ou l'accouchement de véritable délire aigu ou de manie qui peut persister même après la délivrance.

On a écrit beaucoup et il n'est pas de sujet plus populaire que ces fameuses envies de la grossesse, envies irrésistibles, sans motif, de s'approprier ou de posséder certains objets inutiles, mais seulement désirés.

« Les sujets, dit Mme de Gorsky (¹), réagissent d'une façon différente. C'est ce que nous voyons dans l'étude de la femme enceinte. Une femme saine, née de parents sains, ne ressentira aucun retentissement de la gestation. Une femme excitable, nerveuse comme la plupart des femmes des grandes villes, affaiblie par la vie molle, oisive ou par les veilles, aura des névralgies, des odontalgies et des perversions de goût ; un rien l'abattra ou l'excitera. Une femme héréditairement tarée ou ayant des prédispositions morbides réagira plus fortement et nous la verrons tantôt sous le joug d'une impulsion qui peut la mettre en présence du magistrat, tantôt abattue, découragée, elle cherchera à mettre fin à ses jours, ou bien dans un accès de fureur elle deviendra dangereuse pour son entourage. »

« Pendant la grossesse, dit Cabanis, une sorte d'instinct anormal régit la femme, avec une puissance d'autant plus irrésistible que les ressorts secrets en sont plus étrangers à

(¹) Mme DE GORSKY, Folie puerpérale et sa nature. Thèse de Paris 1889.

la réflexion ; et pour peu que l'on sache entendre le langage de la nature, on ne saurait méconnaître pendant tout ce temps-là les signes d'une sensibilité qui s'exerce par redoublement périodique d'énergie et qui, susceptible d'être excitée par les causes les plus légères, peut se laisser entraîner facilement à tous les écarts. »

OBSERVATION IX

(BONTEMPS, Thèse de Lyon 1894-95.)

Mme M... habite avec son mari, rue de Penthièvre. Elle raconte que le jeudi 27 décembre elle est entrée, vers cinq heures, au Grand Bazar. Elle a pris un couteau, un paquet de papillottes et une petite cassette. Elle a mis les objets qu'elle tenait à la main sous sa pelisse. Au moment où elle prenait ces marchandises, elle avait l'intention de les payer, mais, voyant les employés occupés, elle n'a pas passé à la caisse. Déjà elle a pris au même bazar d'autres objets sans les payer : il y a huit jours, une cassette, un savon et un petit jeu de dames. Elle raconte qu'elle savait qu'elle faisait mal et en entrant au bazar elle n'avait pas l'intention de voler : la vue des objets faciles à prendre la troublait. Elle comprenait qu'elle commettait une action blâmable. Elle aurait voulu s'en empêcher.

« Ça la faisait souffrir, mais c'était comme malgré elle. »

Quand on l'a arrêtée elle avait 80 francs sur elle. Elle est en ce moment en état de grossesse, n'a pas d'appétit, souffre des reins et a des étourdissements. Elle reconnaît que son mari lui donne suffisamment d'argent et qu'il est bon pour elle.

Elle eut ses règles la dernière fois le 4 juin et présente une grossesse de six ou sept mois. Cette grossesse s'accompagne de troubles spéciaux du côté du système nerveux. Elle dort mal depuis un mois et dès qu'elle a une contrariété quelconque le sommeil disparaît. Elle ne repose par suite que trois ou quatre heures au plus.

Son appétit est bizarre. Elle mange peu, surtout des fruits et des légumes. Elle présente des signes de dyspepsie et de constipation.

Bien avant son mariage elle a présenté des particularités bizarres, semblant indiquer un mauvais fonctionnement du système nerveux. A la puberté, à quatorze ou quinze ans, elle était toute petite et peu développée. Elle eut des palpitations, des essoufflements, de la dyspepsie et prit le dégoût des aliments. On dut recourir à l'alimentation forcée et, malgré les supplications de ses parents, elle repoussait tout aliment. Elle devient bientôt d'une maigreur squelettique. Elle eut toujours des idées fixes et originales. Son père était aussi très original et emporté.

Pas de trace d'hystérie.

Conclusions. — Mme M... est héréditaire. Son système nerveux fonctionne mal.

Elle a présenté autrefois au moment de la puberté des symptômes graves de dyspepsie cérébrale et pendant sa grossesse elle a des idées bizarres et des impulsions maladives. Elle doit être considérée comme irresponsable.

OBSERVATION X (DUBUISSON)

Hortense L... est une femme de quarante ans, chétive, malingre, au visage ravagé, à laquelle on donnerait volontiers plus de cinquante ans. Elle est actuellement enceinte de plusieurs mois. Elle n'a jamais été malade, mais a eu un grand nombre d'enfants. Elle porte actuellement le onzième.

Les grossesses n'ont été troublées que deux fois et les deux fois non pas par des accidents utérins, mais par des accidents mentaux. Dans les deux cas elle aurait été sujette à des désirs irrésistibles de prendre ce qui lui convient ; elle affirme n'y avoir jamais succombé, bien que plus d'une fois elle eut été en proie à des anxiétés terribles. Elle se rappelle qu'un jour, en allant aux provisions, elle fut tentée par une pomme au point de revenir plusieurs fois et qu'elle dût ne pas la voler par crainte d'être aperçue.

Au cours des grossesses suivantes elle n'eut pas de semblables désirs. Mais depuis qu'elle est grosse de nouveau elle se trouve, pour la seconde fois en proie aux mêmes impulsions délictueuses. Elle a succombé à l'une d'elles, après avoir, assure-t-elle, résisté à nombre d'autres. Elle prend d'ailleurs ses précautions. Dès qu'un objet la tente, elle se sauve vite. Le 5 août, une robe d'enfant de 3 fr. 90 à l'étalage du « Pygmalion » l'a comme fascinée. Trois fois elle s'est éloignée, et trois fois elle est revenue. Finalement elle a pris l'objet.

Observation XI (Dubuisson)

Mme V... jouit d'une certaine aisance et elle peut se passer plus d'une fantaisie. C'est une femme de trente et un ans, bien constituée, sans antécédents héréditaires. A vingt-trois ans, elle eut une fièvre typhoïde. Elle est indemne de toute maladie nerveuse proprement dite, mais elle est émotive, excitable, prompte à la colère. Mariée jeune, elle eut plusieurs enfants et jusqu'ici les grossesses s'étaient passées sans mésaventure d'aucune sorte.

C'est au cours de sa grossesse actuelle que le 30 décembre dernier, elle a, pour la première fois, commis un vol dans un grand magasin. Laissons-la nous exposer elle-même dans quelles circonstances et sous l'influence de quel mobile elle a agi :

Elle fut ce jour-là au « Bon Marché » pour acheter des étrennes que lui offrait son mari. Arrivée au comptoir de la bijouterie, elle fit choix d'un bracelet et accompagnée de la vendeuse se rendit au comptoir pour payer. Mais tout en payant, dit-elle, elle ne pouvait détacher ses yeux de la vitrine qu'elle venait de quitter. Une broche en argent doré s'y trouvait qui la tentait au dernier point, non que l'objet fût de grande valeur, il était au contraire d'un prix minime ; mais pour des raisons dont elle ne peut se rendre compte, c'était sur cet objet de peu de prix, entre beaucoup d'autres plus désirables, que son envie, une envie folle, s'est portée. Durant sa station à la caisse, elle ne le quitte pas des yeux, comme si elle craignait qu'on vînt le lui enlever et, sitôt le bracelet payé, elle ne prend que le temps de fendre la foule pour revenir auprès de l'objet convoité : « Sans aucune réflexion, sans autre sentiment qu'un profond sentiment de joie, dit-elle, je m'en suis saisie et j'ai tenté aussitôt de l'attacher à mon corsage. Mais le ressort fonctionnant mal et ne pouvant arriver à mes fins, j'ai mis l'objet dans ma poche. Puis, sans y penser davantage, j'ai regagné lentement la rue ». C'est dans un bureau d'omnibus voisin qu'un inspecteur est venu l'arrêter. Elle prétend qu'à ce moment elle avait complètement oublié ce qui venait de se passer ; il a fallu pour l'en faire souvenir qu'on l'accuse d'avoir volé ou tenté de voler des porte-monnaies, — ce qu'elle affirme être inexact et ce qui, d'ailleurs, n'a pas été prouvé. L'inspecteur ne l'avait pas vu prendre la broche. C'est elle-même qui se dénonça.

§ IV

Arrivons maintenant à la ménopause, âge critique, retour d'âge, disent les gens du peuple. Cet âge est, en effet, des plus dangereux pour les femmes. Il semble que le sexe disparaît complètement, que la femme n'est plus femme. Souvent, en dehors des troubles physiques et pathologiques qui se traduisent par des tournements de tête, des vertiges, des céphalées, des crampes d'estomac ou des hémorragies, on voit survenir des troubles du côté du système nerveux, des délires, des manies, ou même de la véritable folie entrer en scène.

Dans cet organisme qui semble avoir fini de fonctionner, dont le but pour lequel il a été créé vient à disparaître, où la fonction de reproduction semble avoir fini sa tâche, des troubles nerveux peuvent apparaître chez certaines femmes prédisposées d'avance. Ce peut être de la folie complète ou simplement de la démence, de l'imbécillité ou de la manie; mais la plupart du temps c'est une exagération des sentiment et des passions normales, exagération dont l'aboutissant peut être le mysticisme, l'érotomanie ou la kleptomanie.

OBSERVATION XII (DUBUISSON)

Mme M... a volé une paire de chaussons à l'étalage d'un grand magasin. C'est la femme d'un riche cultivateur de province qui, pour les besoins de sa maison, vient de temps en temps à Paris. Elle prétend avoir été victime d'un moment d'absence et tout porte à penser que son allégation est vraisemblable.

Elle a cessé « de voir » d'une manière régulière depuis environ quatre ans, mais elle a été sujette jusqu'en ces derniers mois à des pertes énormes qui, momentanément, l'affaiblissaient et, d'autre part, la cessation du flux menstruel a provoqué chez elle des accidents congestifs du côté du cerveau dont l'influence sur ses actes et sa manière d'être habituelle est indéniable. Cinq ou six fois par jour elle a, suivant son expression, des montées de sang à la tête. Elle devient rouge, ses veines se gonflent, ses yeux s'injectent et pendant quelques instants elle est comme étourdie et ne sent plus ce qu'elle fait. Depuis deux ans au moins, nous dit son mari, elle n'est plus la même. C'est une femme émotionnable à l'excès, qu'un rien agace et qui ne peut plus rien endurer. Elle ne se contient pas plus devant les étrangers que devant ses parents et ne peut même plus supporter de domestiques. Elle a conscience de ce qu'il y a de maladif dans son état et s'en lamente. Elle se sent d'autant plus malheureuse qu'habituée autrefois à une vie heureuse et active, elle se voit réduite à une existence déplorable et sans objet.

Observation XIII (Dubuisson)

Au mois d'octobre 1896, Mme N... abandonnait après fortune faite un commerce de chapellerie qu'elle exerçait depuis quarante ans dans une boutique sombre du quartier du Temple et allait s'installer dans un confortable logement de l'avenue de Villiers. Elle croyait réaliser son rêve. Elle ne tarda pas à déchanter. Habituée à la vie la plus active, elle se trouva jetée tout à coup dans une inactivité absolue et s'ennuyait mortellement.

N'ayant que la promenade pour toute distraction, elle erra d'abord de droite à gauche et, pour avoir un but, elle se mit à fréquenter les grands magasins, le Louvre en particulier. Tout d'abord elle n'y chercha que le plaisir de se trouver au milieu de belles choses et du beau monde et elle en jouit pleinement; mais, peu à peu, ce plaisir des yeux fit place à un sentiment qui la surprit elle-même. Il ne lui suffit plus de voir, elle voulut posséder. Une étrange convoitise s'empara d'elle. Tout l'attirait et la retenait. Dès qu'elle pouvait s'échapper de chez elle, elle courait au Louvre et là elle se délectait des heures entières à se sentir à la fois pleine de ses désirs et assez forte pour y résister. Le jeu, cependant, était périlleux. De même qu'elle avait passé d'un plaisir des yeux innocents à la convoitise, il y avait bien des chances qu'elle passât tôt ou tard de la convoitise au vol. C'est ce qui arriva. Elle flirtait ainsi depuis un an avec le grand magasin, quant, à quelques symptômes, elle sentit venir le péril. A partir d'un certain moment les tentations devinrent si fortes qu'elle était à chaque visite obligée de faire un acte sérieux de volonté et de résistance. Elle dut lutter pour ne pas prendre, mais cette lutte même ne lui était pas désagréable. Non seulement elle ne la retenait pas, mais elle y allait comme à une fête. Un jour malheureusement il arriva qu'une dame déroba un objet devant elle, ce fut assez pour qu'elle faiblît à la première tentation qui se présenta.

D'ordinaire, ce premier vol de la femme honnête qui succombe aux tentations du grand magasin a chez elle des suites pénibles. Elle fuit, elle se fait honte à elle-même. Elle ne sait si elle doit garder ou restituer, ce qui ne l'empêche pas de recommencer le lendemain. Rien de semblable chez Mᵐᵉ N... L'émotion qui s'empara d'elle au moment du vol fut délicieuse, elle ressentit — c'est elle qui parle — « un tressaillement voluptueux de la tête aux pieds, et comme un coup de fouet dans les reins. »

A vrai dire, le plaisir ne survécut pas à la possession ; une fois l'objet en poche, elle n'y pensa plus et il fallut qu'un autre désir s'éveillât pour retrouver la même sensation.

A partir de ce moment il lui sembla qu'une lutte courtoise s'établissait entre elle et le grand magasin, elle cherchant à prendre et lui tâchant de l'en empêcher. A chaque objet qu'elle emportait sans encombre, c'était comme une victoire remportée et les victoires se sont ainsi succédé pendant deux mois. Il est rare, dit-elle sans la moindre honte, qu'elle ait été au Louvre sans y soustraire quelque chose.

Le jour où son flagrant délit fut constaté, encouragée sans doute par des précédents trop heureux, circulant avec tranquillité au milieu des comptoirs, elle a pris un peu partout. « J'étais comme dans un rêve, dit-elle. Il y a des rêves où on se croit maître de tout, et l'on prend tout ce qui vous fait envie. C'était ce qui m'arrivait. »

A-t-elle du moins aujourd'hui le sentiment de sa situation, la honte et le remords de ce qu'elle a fait, la conscience du danger qu'elle court ? Dire qu'elle n'entrevoit pas les conséquences de l'accusation qui pèse sur elle serait aller bien loin. Elle les entrevoit certainement, mais en vérité ce n'est là que le moindre de ses soucis. Ce qui la tourmente, c'est qu'elle ne pourra plus aller à son bien-aimé magasin. Tout ce qui faisait le charme de sa vie a disparu. Elle est devenue un corps sans âme.

Les causes qui ont déterminé chez l'inculpée un pareil état mental sont des plus simples et des plus nettes.

Mme N... a été atteinte il y a quatre ans par l'âge de la ménopause et tout son être s'en est ressenti. Elle accuse des étourdissements, des poussées congestives vers la tête, des palpitations de cœur, de l'insomnie, des cauchemars nocturnes, en un mot tous les accidents de la circulation et des nerfs que la ménopause entraîne si souvent après elle. Conséquence inévitable, son intelligence a baissé et elle a perdu son énergie morale en même temps que sa vigueur d'esprit. Elle n'a plus de mémoire, elle n'a plus de volonté. Elle est impressionnable, inquiète, indécise. Le passage trop subit d'une vie active à une vie inoccupée a achevé d'ébranler ses facultés.

Observation XIV

(Lunier, Vols à l'étalage, *Annales médico-psychologiques,* 1880.)

Mme veuve B..., quarante-huit ans, rentière, est arrêtée au mois de juillet 1874, sous l'inculpation d'un vol de dentelle et d'une robe aux magasins du Louvre.

Mme B... était à son âge critique; depuis douze à quinze mois la menstruation était très irrégulière et elle avait parfois des pertes très abondantes.

Six mois auparavant, première condamnation, pour vol probablement dans les mêmes conditions qu'actuellement : Mme B... prétendait que pendant ses époques menstruelles, surtout depuis qu'elles étaient irrégulières, elle était entraînée à prendre tout ce qu'elle trouvait sous sa main. Elle savait qu'elle faisait mal, mais elle ne pouvait résister à la tentation. Ordonnance de non-lieu.

Observation XV

(Lasègue, *Archives générales de médecine,* février 1880).

La femme G..., soixante-deux ans, est arrêtée dans un de nos grands magasins de nouveautés. Elle avait pris deux paires de bas, une cravate deux flacons de parfumerie; elle avait dans la même visite payé une paire de gants et un parapluie.

C'est une femme appartenant à la bourgeoisie aisée, sa vie s'est passée presque toute en province, et depuis une année seulement elle est venue se fixer à Paris. Elle s'exprime en bons termes, avec une vivacité que sa situation, dont elle a d'ailleurs un médiocre souci, expliquerait à la rigueur.

Pour comprendre l'état mental vrai de la malade, il faut, au lieu de se borner à un examen sévère, se faire un devoir de reprendre sa biographie tout entière.

Mariée à un cultivateur, presque riche, grand buveur, dépensier, elle a demandé et obtenu la séparation, après onze ans de souffrances intimes.

De ce mariage étaient nées deux filles qu'il a fallu élever avec les ressources tristement réduites par la dissipation du mari : l'une est morte, l'autre s'est brouillée avec sa mère à l'occasion de discussions répétées et a été habiter avec un oncle.

La femme G... restait seule avec un capital d'une dizaine de mille francs quant elle fut appelée près d'une cousine très âgée, infirme, à laquelle elle donna des soins et qui lui légua après sa mort un revenu de cinq à six mille francs.

Pendant qu'elle habitait avec sa parente, il y a de cela trois ou quatre ans, elle fut prise d'un violent étourdissement et a depuis perdu le sommeil. C'est grâce à l'usage du bromure de potassium qu'elle se procure du repos. Le plus souvent, elle reste au lit jusqu'à trois ou quatre heures de l'après-midi, se plaignant d'étouffement, etc. De temps à autre il survient pendant le repas un spasme pharyngé ou œsophagien qui l'empêche de manger ou de boire et la laisse dans un état de demi-inanition.

D'autres crises se sont passées, racontées par une de ses voisines et qu'elle résume ainsi : « Ma tête se trouble, j'ai un peu l'esprit qui n'est pas clair, ma tête se charge, le cœur bat, les idées se confondent; il me reste pendant quelques jours de l'étonnement et de la fatigue, puis tout se remet. »

On remarque une volubilité de paroles, une instabilité d'idées et de posture, un besoin d'aborder des confidences qu'elle n'achève pas. Son revenu bien assuré suffit largement et même au delà à son existence.

Dans la maison qu'elle habite, personne ne doute qu'elle ait « un grain », comme dit son portier.

Quant au vol lui-même, elle s'en défend en déclarant qu'elle était partie changer son parapluie. La chose semble, d'ailleurs, l'intéresser assez peu, elle n'a pas la curiosité de demander pourquoi je viens l'interroger.

Les troubles décrits nous semblent bien être ceux de la ménopause.

CHAPITRE II

L'organisation de la femme, son mode d'éducation paraissent l'avoir de tout temps, et surtout dans les villes, prédisposée à une surexcitation nerveuse qui s'élève avec l'échelle sociale.

Faite pour plaire et attirer le mâle, la femme possède d'instinct l'idée de la parure. Les petites filles dès leur plus bas âge désirent déjà de jolies toilettes et s'ingénient pour trouver des robes nouvelles à leurs poupées, mais jamais la femme n'a été autant qu'aujourd'hui un objet de luxe et un prétexte à confort. Les mœurs même s'en sont ressenties et l'idée d'une riche parure ou d'un ornement nouveau ont raison de l'honnêteté de nombre de femmes.

C'est qu'en effet il faut être mieux habillée que sa voisine, et quels regards d'envie jettent les femmes sur les étalages des bijoutiers et des magasins de nouveautés. Préoccupations, chagrins de famille, enfants, tout est oublié pendant la contemplation d'une vitrine séductrice.

« C'est donc cela que les femmes ont ici des yeux si drôles, disait Vallognose à Mouret (¹), le directeur du Bonheur des Dames, je les regardais avec leur mine gourmande de créatures en folie. »

Il faut bien avouer aussi que rien n'a été fait pour arrêter la femme sur la pente de la coquetterie ; au contraire, on ne cherche qu'à la tenter pour la faire tomber plus sûrement.

La plupart sont assez fortes pour résister, leur système nerveux est bien équilibré, ou plutôt n'est pas taré ; mais combien d'autres probablement, sans même se l'avouer, ont

(¹) E. Zola, *Au Bonheur des Dames*. Fasquelles, Paris.

éprouvé de ces terribles désirs de satisfaire quand même leur coquetterie. L'idée du mal qu'elles feraient a eu vite raison de leur hésitation.

Dans les villes, où le luxe est poussé bien plus loin que dans les campagnes, où le confortable relatif se rencontre presque partout, où la tentation est aussi plus grande par l'appât de l'étalage des magasins et où la femme est obligée de se distinguer du milieu de la foule par sa beauté personnelle ou par sa toilette pour être remarquée, la maladie de la coquetterie est aussi plus répandue. De plus, comme résultante et comme complication, nous trouvons que les maladies nerveuses sont en ville plus fréquentes et plus variées, mais aussi la neurasthénie, cette grande névrose des femmes modernes, névrose qui grandit avec le milieu social et qui a sa répercussion aussi bien dans les arts que dans la littérature.

Tous ces facteurs sont là, guettant la femme déjà faible par nature et sous une influence quelconque qui la mettra en état de moindre résistance, si elle n'est pas assez forte pour se maintenir dans le droit chemin, elle tombera dans les pièges tendus devant elle et commettra les pires excès.

Parmi ces excès, il n'en est guère de plus fréquents que les vols accomplis par des femmes du monde dans les grands magasins. « Des femmes très distinguées, disait Mouret [1] ; nous avons eu la semaine dernière la sœur d'un pharmacien et la femme d'un conseiller à la cour ; et nerveusement il donnait des détails, racontait les faits, en tirait un classement ; d'abord il citait des voleuses de profession, celles qui faisaient le moins de mal, car la police les connaissait presque toutes. Puis venaient les voleuses par manie, une perversion du désir, une névrose nouvelle qu'un aliéniste avait classée en y constatant le résultat aigu de la tentation exercée par le grand magasin. Enfin il y avait les femmes enceintes dont les vols se spécialisaient ; ainsi chez l'une d'elles le

(1) E. ZOLA, *Au Bonheur des Dames.*

commissaire avait trouvé 248 paires de gants roses volés dans tous les comptoirs de Paris. »

Les cas sont nombreux, en effet, de femmes bien nées accomplissant ainsi des vols. Ces délits déroutent le criminaliste, car si dans tout délit on doit rechercher le mobile, l'un expliquant l'autre, ici on ne le trouve pas.

La psychologie des voleuses qui nous occupent est assez curieuse et mérite qu'on s'y arrête un instant.

Les femmes viennent au grand magasin, certaines y volent et ne volent pas ailleurs; il y a donc premièrement l'influence du grand magasin. Comme second facteur, nous trouvons la femme, ses coquetteries et ses tares. Il est intéressant d'entendre la déposition ou plutôt la confession d'une de ces malheureuses, surprises et arrêtées en flagrant délit de vol à l'étalage. Tout d'abord la femme explique qu'elle venait au magasin pour faire ses emplettes, mais il survint qu'elle y trouva de l'agrément, que ses yeux, ses sens étaient agréablement flattés et peu à peu elle prit l'habitude d'y revenir comme but de promenade. Elle ne se contentait plus de l'occasion d'un bibelot à acheter, elle faisait naître cette occasion, pour avoir le plaisir de se trouver dans la foule et le bruit de son cher magasin. Il arrive bientôt que les objets qu'elle y voit suscitent en elle le violent désir de les posséder. Cette idée lui revient toujours, fixe et obsédante. Elle en éprouve même du malaise, car elle est obligée de faire de violents efforts pour les chasser de son esprit. Elle passe même quelques jours sans revenir au lieu de ses tentations, mais bientôt l'occasion d'un achat la ramène malgré elle dans l'enfer. Elle se donne l'excuse d'avoir besoin d'aller au magasin pour retomber dans ses habitudes si douces.

L'idée de posséder les objets exposés lui revient plus forte. Elle s'en débarrasse plus difficilement; la lutte cependant lui devient moins pénible, elle finit par y trouver même presque un frisson de volupté.

Alors l'idée de s'approprier les objets désirés apparaît. Elle remarque combien la surveillance est relâchée, mais les principes d'honnêteté l'arrêtent malgré tout encore. L'atavisme et la bonne éducation qu'elle a reçue lui ont appris qu'il ne fallait pas dérober à autrui. Elle fait un effort et sort encore victorieuse de sa lutte ; elle en sort, mais la plupart du temps comme enivrée : « Il me semblait être grise de champagne, disait une d'elles. »

Supposez maintenant que dans cet état d'éréthisme où se trouve la femme qui a déjà eu à soutenir ces luttes entre elle et sa conscience, supposez que chez cette femme, déjà affaiblie par le milieu ou les tares nerveuses préexistantes, se produise une influence qui déséquilibre encore davantage son système nerveux, la femme ne pourra plus résister. Cette influence peut être pathologique, épilepsie, paralysie générale au début, hystérie, neurasthénie, mais elle peut être physiologique. La vie sexuelle de la femme est entourée de tant d'écueils que seules les saines les franchissent sans péril. « La femme est un utérus servi par des organes » : *Mulier id est quod est propter solum uterum* (Hippocrate). La puberté, les règles, la grossesse, la ménopause sont autant de crises souvent terribles pour la femme. « L'homme est moins homme que la femme n'est femme », disait notre honoré maître, M. le Professeur Morache, dans un de ses cours.

Michelet (¹), voulant montrer que jamais autant qu'aujourd'hui les tares psychiques de la femme venaient toutes de ses organes génitaux, disait : « Chaque siècle se caractérise par sa grande maladie ; le treizième fut celui de la lèpre, le quatorzième, de la peste noire, le seizième, de la syphilis, le dix-neuvième est frappé aux deux pôles de la vie nerveuse : dans l'idée et dans l'amour ; chez l'homme, au cerveau énervé, vacillant, paralytique ; chez la femme, à la matrice douloureusement ulcérée. Ce siècle sera nommé celui des maladies de la matrice, autrement dit de la misère et de l'abandon de la femme, de son désespoir. »

(¹) MICHELET. *L'Amour*. Hachette et Cie, 1859.

Chez la femme déjà anémiée vivant dans l'atmosphère débilitante moralement et physiquement d'une grande ville, où la tentation et le danger sont à chaque pas, les différentes étapes de sa vie sexuelle peuvent être la goutte d'eau qui fait déborder le vase, peuvent transformer la bizarrerie de caractère en manie aiguë et agir si fortement sur la psychicité qu'elles suffisent pour faire de la femme honnête une délinquante.

Il y a un proverbe qui dit : « Il n'y a que le premier pas qui coûte ». Une fois celui-ci franchi, l'habitude est prise. A un moment donné, sous une influence quelconque, la force de résistance étant moindre, cette femme du monde a pu voler. Elle vole un objet sans valeur, un peigne, un lacet de corset, une paire de bas, un bracelet en joaillerie fausse, une pipe, objets qui ne lui seront d'aucune utilité. Elle en vole autant qu'elle peut et éprouve alors une véritable volupté en sentant en sa possession l'objet convoité. Il lui semble qu'elle a remporté une véritable victoire et qu'elle emporte un trophée. Mais aussitôt que le désir est satisfait, le spasme est terminé ; l'objet si ardemment désiré n'a plus de charme pour elle, elle a même du regret de l'avoir dérobé, mais l'amour-propre l'empêche d'aller le remettre au comptoir. Elle l'emporte alors chez elle, le cache avec des précautions infinies afin que personne ne puisse l'apercevoir et découvrir le larcin. Les cachettes les plus bizarres sont inventées pour dissimuler le produit du vol. Les unes mettent les objets dérobés dans une armoire, derrière des piles de linge ; une autre en avait bourré un canapé. Elles ne prennent même pas pour la plupart le soin d'enlever les étiquettes, et l'on a trouvé chez quelques-unes de véritables magasins d'objets neufs, n'ayant jamais servi et n'ayant même pas été déployés.

Encouragées par un premier succès, elles continuent alors à voler sans remords jusqu'à ce qu'un inspecteur ou un agent de la police vienne les surprendre en flagrant délit. Elles avouent sans chercher à égarer les soupçons, elles s'accusent même.

Chez le commissaire, leur attitude est aussi significative. Leurs aveux sont complets et spontanés. Elles ne se contentent pas de reconnaître les vols qu'elles viennent de commettre, elles se hâtent de reconnaître les vols antérieurs et d'indiquer les cachettes où l'on découvrira les objets volés. Car en effet la voleuse est. en général, une récidiviste qui vole depuis longtemps et qui a eu la chance plutôt que l'adresse de ne pas être surprise.

On peut croire que les femmes arrêtées dans de semblables conditions ne peuvent envisager leur aventure que comme la pire des catastrophes, qu'elles n'ont pas assez de larmes pour exprimer leur désespoir. C'est en effet le cas de certaines, mais beaucoup montrent une résignation incroyable et même comme un soulagement.

Elles racontent que le grand magasin était devenu pour elles une obsession, un cauchemar, et elles ont conscience d'être délivrées du supplice qu'elles enduraient depuis si longtemps. Pour d'autres, au contraire, le désespoir vient surtout de ce qu'elles vont être privées du grand magasin qui était devenu toute leur vie.

Laissons parler une délinquante, qui est une respectable dame de province fraîchement débarquée à Paris et qui avait été surprise en flagrant délit de vol au Louvre et au Bon Marché [1]. « Une fois plongée dans cette atmosphère capiteuse du grand magasin, je me suis sentie peu à peu envahir par un trouble qui ne peut se comparer qu'à l'ivresse, avec l'étourdissement et l'excitation qui lui sont propres. Je voyais les choses comme à travers un nuage. Tous les objets provoquaient mon désir et prenaient pour moi un attrait irrésistible. Je me sentais entraînée vers eux et je m'en emparais sans qu'aucune considération étrangère et supérieure intervînt pour me contenir.

» Je prenais d'ailleurs au hasard aussi bien les objets inutiles et sans valeur que les objets de valeur et de prix. C'était comme une monomanie de la possession.... »

[1] Dubuisson, *Loc. cit.*

D'autres femmes avouent qu'elles ont commis leur première faute en voyant voler sans danger. Déjà affaiblies par leur lutte avec leur conscience, elles ont vu une femme dérober un objet, le faire disparaître et s'éloigner ensuite. Elles ont vu combien c'était facile et elles sont tombées à leur tour, par contagion, par imitation.

Un autre point à considérer chez les voleuses des grands magasins femmes du monde, c'est qu'elles ont presque toujours dans leur porte-monnaie suffisamment d'argent, souvent même au delà, pour payer les objets qu'elles dérobent et qui sont en général d'une valeur minime.

Signalons aussi le peu de précautions qu'elles prennent pour ne pas qu'on s'aperçoive de leur vol au moment où elles le commettent. Elles agissent avec une véritable inconscience du danger qu'elles courent d'être surprises. Citons un exemple [1].

Observation XV

Mme J..., vingt-huit ans, a été élevée dans un milieu honorable et a toujours été d'une conduite irréprochable.

Elle se rend un jour aux magasins de la « Ville Saint-Denis » et achète à différents comptoirs pour 120 francs de marchandises ; l'employée la conduit à la caisse et prépare le paquet où sont enfermés les objets achetés. Elle voit la dame tirer son porte-monnaie et s'éloigne sans défiance. Mme J... dit au caissier qu'elle n'a pas sur elle suffisamment d'argent pour payer et demande qu'on lui présente le paquet et la note à domicile. Les objets sont alors retransportés au comptoir de la lingerie où ils avaient été achetés. La dame, un instant après, s'y rend, dit qu'elle a changé d'avis et qu'elle préfère emporter le paquet, le redemande et part sans avoir payé.

Avec une imprévoyance significative, Mme J... rapporte cinq jours après les mêmes objets aux magasins de la « Ville Saint-Denis » et demande qu'on lui en rembourse le prix. Naturellement on s'était

(1) Cf GUIMBAIL, *Les Morphinomanes*. Baillière, 1891.

S.   4

aperçu du vol les jours précédents. Elle est arrêtée et traduite devant les tribunaux.

D'autres voleuses font retomber sur le magasin toute la responsabilité de leur acte. « Eh bien oui, je me suis laissée tenter, mais la tentation était au-dessus de mes forces, l'impulsion était irrésistible. »

Ce qu'il y a d'intéressant à noter, c'est qu'il s'agit ici de femmes qui, foncièrement honnêtes dans les actes ordinaires de la vie, ne causeraient en leur état normal le moindre dommage à quiconque. Dans la plupart des observations que nous donnons nous nous apercevons que les vols sont ordinairement accomplis en période de crise. Une de nos voleuses ne volait que pendant ses règles et elle avoue elle-même que pendant l'intervalle de ses menstrues elle éprouvait bien la tentation de s'approprier les objets désirés exposés à sa vue, mais elle avait la force de résister. A la réapparition de ses règles, elle se sentait toute autre et ne pouvait s'empêcher de voler.

Il faut que la crise arrive pour les empêcher sinon de comprendre qu'elles font mal, du moins pour les mettre en état de moindre résistance et les empêcher d'écouter leur conscience.

« La conscience, dit Littré, est le sentiment intense, immédiat, constant de l'activité du moi dans chacun des phénomènes de la vie normale ou intellectuelle. »

Dans le délit de vol accompli par des femmes d'une honorabilité éprouvée, il semble qu'il y ait un dédoublement de la conscience. La plupart savent qu'elles font mal en volant, mais elles le font malgré tout, elles le font malgré elles. Il semble entendre, dans un autre ordre d'idées, les « Plaintes d'un chrétien sur les contrariétés qu'il éprouve en dedans de lui-même », RACINE, *Cantique III* :

> Mon Dieu, quelle guerre cruelle,
> Je trouve deux hommes en moi :
> L'un veut, que, plein d'amour pour toi

Mon cœur te soit toujours fidèle ;
L'autre à tes volontés rebelle
Me révolte contre ta loi.

Je veux et n'accomplis jamais
Je veux, mais (ô misère extrême)

. . . .

. . . .

Je ne fais pas le bien que j'aime
Et je fais le mal que je hais.

« La nature nous a confié une sensibilité plus grande que celle de la plupart des animaux. Elle nous domine si impérieusement quelquefois que les passions qui en résultent obtiennent par là l'excuse de leur faute. L'homme n'a pour défense que sa raison, de là le combat éternel entre l'esprit et le cœur, le devoir et les penchants dont les moralistes nous retracent de si vives peintures » (1).

Les étranges combats que l'homme éprouve en lui entre ses passions et sa raison ont porté Platon, d'après Pythagore, à reconnaître en notre âme deux parties : l'une, tranquille et sublime, placée dans la citadelle du cerveau comme en un Olympe placé au-dessus des nuages et des tempêtes, c'est la raison saine, τὸ εὐδίαν, maîtresse des cupidités ; l'autre est sauvage, agreste, farouche, obéissant comme les brutes aux voluptés, se vautrant dans les vallons bourbeux, les régions inférieures et battue par les orages tumultueux des basses envies » (2).

L'une, τὸ εὐδίαν, serait l'éducation, les principes d'honnêteté et de morale qui font l'équilibre social ; l'autre, serait le fond même de l'homme et ses instincts.

Platon compare dans *Phèdre* cette partie farouche de l'âme à un cheval sans frein et indompté qui prend le mors aux dents, tandis que la partie raisonnable est un coursier

(1) Dictionnaire des Sciences médicales, art. « Passion ».
(2) PLATON, *De republica*, lib. IV et lib. IX.

souple et docile au frein. En d'autres termes, ce serait de ces deux parties et de leur équilibre que résulterait l'homme honnête et civilisé ; mais si pour une cause quelconque l'équilibre vient à être rompu, si l'éducation succombe sous les instincts, si le contre-poids entre les deux n'existe plus, nous tombons dans les excès et les basses passions qui nous conduisent au crime, à la folie ou à la manie.

Dans un chapitre suivant nous chercherons à savoir comment ces causes peuvent agir sur le cerveau et, en détruisant le fonctionnement normal de cet organe, réveiller chez la femme du monde l'instinct de possession qui est au fond même de la nature humaine et lui enlever la force de résistance nécessaire pour combattre victorieusement ses penchants délictueux.

CHAPITRE III

L'homme primitif n'avait pour mobile que ses instincts. Il n'avait pas la notion du bien et du mal, qui est une notion acquise et qui a dû venir relativement assez tard. Les instincts devaient-ils encore être assez bornés. L'instinct de la conservation a dû être le premier et le principal auquel on peut rattacher, quoique n'étant qu'un dérivé, l'instinct génital ou de reproduction de l'espèce. L'idée d'adorer quelque chose ou quelqu'un de supérieur n'est venue que plus tard, toujours uni à l'instinct de la conservation. L'homme primitif a dû être effrayé par les manifestations de la nature. Le tonnerre, l'eau ont dû tout d'abord le remplir de terreur et il a dû se dire qu'en implorant et priant il pourrait peut-être se sauver des fléaux qui le menaçaient de toute part. Que fallait-il encore à l'homme pour subvenir à ses besoins et se conserver? Il fallait une réserve en cas de disette. Nous voici à l'idée de possession.

Si l'homme a voulu posséder primitivement, c'était pour se conserver. Cet instinct de possession avait un but nutritif. L'homme avait quelque chose en lui qui lui disait d'amasser pour pouvoir manger lorsqu'il ne pourrait plus lui-même se livrer à la recherche de ses aliments.

L'homme primitif devait chercher à satisfaire ses instincts par tous les moyens possibles, n'ayant pas la notion du bien et du mal. La propriété n'existant pas ou du moins la notion du bien d'autrui n'étant pas dans la conception de l'homme, le vol n'existait pas comme crime.

Ce n'est que plus tard, lorsque le cerveau humain se fut développé en même temps que les idées grandes et génércuses, que la société fut fondée et que la propriété, respectable, prit naissance. L'homme dut alors faire respecter ses biens et protéger ses droits acquis. Que ce soit nourriture, que ce soit valeur représentative, l'idée est toujours la même.

Les différentes civilisations sont venues ensuite transformer les mœurs, les conventions, et l'homme, dont l'intelligence s'est développée, a vu changer sa façon de voir et d'interpréter les choses.

Dans la société moderne, tout est changé, et quelle différence au premier abord entre nous et l'homme primitif.

Les siècles passés nous ont laissé une hérédité de sentiments et d'idées qui ont transformé notre corps et surtout notre psychologie, mais sans toutefois nous changer complètement. Notre corps est peut-être moins vigoureux, nos muscles moins résistants, mais nos idées sont aussi moins cruelles, nos sentiments plus doux, tempérés qu'ils ont été par l'hérédité et l'atavisme intellectuels et moraux. Mais l'homme primitif a-t-il complètement disparu en nous? Si les angles sont moins rugueux, sont-ils complètement émoussés? Non, car les sentiments, les idées, les passions de nos pères primitifs nous en retrouvons non seulement des traces, mais des réveils qui nous étonnent. Nous nous retrouvons avec les mêmes instincts, les bons et les mauvais, quelquefois transformés et voilés, mais toujours visibles.

> Chassez le naturel, il revient au galop.

Dans le cas qui nous occupe, la civilisation et l'éducation n'ont pas fait disparaître cet instinct de possession, elles en ont simplement réglé les conditions dans lesquelles la réalisation en est permise.

L'enfant à sa naissance n'est pas, au point de vue du bien et du mal, une cire vierge sur laquelle l'éducation mettra ses empreintes. Comme l'a dit Broussais (1): « L'enfant est plus instinctif qu'intellectuel ». C'est pourquoi l'on peut qualifier

. (1) BROUSSAIS, *Imitation et Folie*.

d'utopies les idées de Rousseau, dans *Emile*, sur le système d'éducation des enfants basée sur cette donnée erronée que le bien est instinctif et que l'isolement et l'absence de toute leçon sont les principes fondamentaux de toute éducation bien comprise.

Si au fond de chaque conscience humaine sommeillent les instincts primitifs, l'expérience montre qu'il suffit d'une cause quelconque pour les réveiller (¹). Chez des êtres essentiellement délicats, comme la femme, le moindre trouble dans le fonctionnement des organes ou dans la circulation du sang pourra produire des changements dans sa psychicité et établir la folie ou la manie aiguë, suivant l'intensité de la cause, folie ou manie qui sera représentée par la réapparition, la perversion ou l'exagération des instincts que l'éducation avait bridés. L'homme étant moins sujet que la femme à des désordres physiologiques du côté des organes génitaux et chez qui ces mêmes organes n'ont pas une si grande répercussion sur la psychicité, l'homme donc aura plus de force de résistance, il succombera moins vite et moins souvent.

Ce que nous disons ici pour la monomanie du vol pourrait aussi s'appliquer à l'homicidomanie ou à la monomanie incendiaire ou au mysticisme, qui ne seraient qu'une exagération ou un retour des instincts primitifs.

Chez la femme enceinte qui vole on pourrait trouver une autre idée. Elle a dans son sein un être vivant qu'elle va

---

(¹) L'homme primitif était foncièrement cruel, mais il n'avait pas l'idée de sa cruauté; dans l'homme actuel ne retrouvons-nous pas des restes de cet amour du sang et de la cruauté à peine voilé, et l'éducation, loin de réfréner ces instincts, ne fait que les encourager. A l'enfant, on donne pour le distraire des soldats de plomb qu'il s'amuse à renverser pour simuler la guerre; on lui enseigne à admirer les hommes, les héros des grandes batailles, qui ont fait verser le plus de sang; on lui donne l'enseignement de la chasse, etc., etc.; et ne faut-il pas employer des forces militaires pour empêcher l'encombrement des places où l'on va exécuter un condamné à mort. La plume autorisée d'Octave Mirbeau, dans la préface du *Jardin des Supplices,* nous fait une magistrale description de ces faits.

mettre au monde, l'idée de possession même par les voies extra-légales, l'idée de vol enfin peut apparaitre parce qu'il lui faudra veiller à la subsistance de son enfant et à sa conservation. Aussi voyons-nous très souvent des femmes enceintes voler surtout des objets qui auraient pu servir à un enfant. La femme grosse est déjà mère avant tout et l'idée de vol peut venir sous certaines influences, non pour elle, mais pour le petit être dont elle a la garde.

L'Ecole anthropologiste actuelle va plus loin : « Elle tend à assimiler le criminel à un sauvage. Le sauvage est, par rapport à nos milieux, un inadapté, un irresponsable. Il semble que la civilisation ne puisse dépasser une certaine limite et nos dégénérés actuels ne sont pas seulement des représentants des races primitives, ce sont des régressifs » (¹).

Ce désir de la possession existe non seulement chez l'homme, mais aussi chez les animaux. La pie vole les objets brillants qu'elle va cacher dans des endroits où l'on ne pourra les découvrir; les chiens et beaucoup d'autres animaux vont enterrer leurs vivres pour s'en servir lorsqu'ils auront faim ou que la disette sera venue. Les fourmis, les abeilles se font des réserves nutritives. Que ce soit pour eux-mêmes ou pour leurs descendants, le principe est toujours le même.

Chez l'homme avare, qui amasse sans cesse et qui meurt de faim devant ses trésors, c'est encore ce même instinct de possession, peut-être dévié, sûrement exagéré, qui apparait sans cesse et qui porte quelquefois aux actes les plus contraires à la vertu et à l'honnêteté.

Auri sacra fames. . . . .

(VIRGILE, *Enéide*, lib. II.)

C'est presque toujours le mobile de nos actes, que cet instinct prenne un caractère maladif ou délictueux, qui est le vol, ou qu'il se traduise par un sentiment tout autre, qui est l'économie et le souci du bien être pour soi ou les siens.

(¹) GUYOT, Responsabilité et folie. Thèse de Bordeaux 1896-97.

CHAPITRE IV

« Les intimes modifications organiques qui sont liées à certains états physiologiques réagissent toujours, même lorsqu'elles ne sont pas perçues, sur l'état mental » (¹).

Les anciens philosophes faisaient dériver du corps toutes les affections de l'esprit : Εοικε δε τα της ψυχης παθη παντα ειναι μετα σωματος.

D'après Fred. Hoffmann, les passions naissent souvent d'un désordre dans la circulation du sang, et pour les guérir, tout le secret consiste à rétablir le juste équilibre. « Tels sont la complexion et les mouvements du sang et des humeurs, tel doit être l'ébranlement des esprits animaux ou du système nerveux, tel sera cet ébranlement, tels seront les mouvements du moral » (²).

Après avoir étudié et classé la manie et la monomanie, on a cherché à connaître les causes ou les lésions de cet état de choses. C'était déjà un immense progrès que de voir dans les individus poursuivis pour ces délits des malades, mais il ne sufffisait pas de l'avancer et de le constater, il fallait aussi sinon des preuves du moins une explication qui satisfasse l'esprit.

On a fait d'abord de la monomanie du vol une maladie spéciale à laquelle on a donné le nom de kleptomanie, mais ce mot n'explique rien et se borne à constater le fait brutal de voler. Il fallait rechercher sous quelles influences ces vols étaient commis.

(¹) GUYOT, *Loc. cit.*
(²) Fred. HOFFMANN, *De mentis morbis ex morbosa sanguinis circulatione ortis, exercitatio medico-physico*, 1700, in-4º.

Bientôt après, la kleptomanie ne fut plus une maladie, mais une complication, un syndrome épisodique. Ce fut l'ère des grandes découvertes de la médecine mentale, et en particulier de la paralysie générale.

On s'aperçut que cette kleptomanie apparaissait quelquefois accompagnant certaines maladies du système nerveux. On chercha alors à localiser davantage ces troubles. Cl. Bernard émit l'hypothèse qu'il pouvait exister dans le cerveau des centres nerveux élémentaires conscients, comme il existe des centres moteurs et des centres sensitifs, mais l'illustre physiologiste n'a donné aucune preuve.

M. le Dr Prosper Despine, cité par le docteur Ritti, se demande si la substance grise corticale consacrée à manifester les facultés psychiques est la même que celle qui manifeste le moi, cas dans lequel une paralysie incomplète de cette substance, suffisante pour empêcher la manifestation du moi, serait insuffisante pour empêcher la manifestation des facultés psychiques, ou bien s'il y a dans la substance grise corticale un groupe spécial de cellules qui préside à la manifestation des facultés psychiques?

Le docteur Luys, dit M. Ritti, avait déjà conclu de ses études que les différentes couches de la substance grise corticale avait des fonctions différentes; que la plus superficielle présidait au sensorium; la moyenne, aux facultés intellectuelles et instinctives; la plus profonde, à la transmission de la volonté par l'action (¹).

De ces données, Despine croyait pouvoir conclure que certaines causes pathologiques pouvaient déterminer la paralysie nerveuse de la couche la plus superficielle de la substance grise des circonvolutions, avec persistance de l'activité de la couche moyenne et de la couche profonde.

Si la couche moyenne se trouvait également paralysée, il ne pourrait se manifester aucune faculté psychique: Cette suspension de l'activité psychique dépendrait d'un état d'ané-

(¹) *Annales médico-psychiques*, 1879, p. 104.

mic ou d'ischémie de ces régions, soit d'une congestion ou de toute autre cause.

Gall plaçait le penchant au vol dans certaines protubérances cérébrales.

A l'autopsie, chez des maniaques, on a pu trouver de l'engorgement des vaisseaux, avec coloration vineuse due à la congestion de la substance grise et blanche. Chez d'autres, on n'a rien découvert qui puisse mettre sur la trace d'une lésion bien nette, propre à la manie. Il faut donc chercher ailleurs.

Qu'on admette l'existence dans l'homme de deux principes d'ordres contraires, l'âme, principe immatériel d'une part; de l'autre, le corps ou principe matériel, ou bien encore que l'on envisage la pensée, le raisonnement, l'influx nerveux comme une sécrétion, un mode de vibration de la cellule cérébrale, ayant pour fonction l'intelligence, comme le globule sanguin a pour fonction l'hématose, il n'en est pas moins un fait indéniable : c'est l'étroite liaison qui unit la cérébration avec toutes les autres fonctions de l'organisme. Puisqu'il est indiscutable, malgré que souvent on ne trouve pas de lésions appréciables, que les troubles des maniaques viennent du système nerveux et que ce même système nerveux peut subir le contre-coup de désordres qui se passent dans les autres fonctions de l'organisme, ce serait donc de ce côté-là que nous pourrions chercher une explication qui satisfasse notre esprit.

« Il nous est difficile de concevoir l'intelligence en dehors de la cellule nerveuse, et comme tous les troubles de l'organisme réagissent sur la composition du sang, nourricier de tous les éléments, et de l'élément nerveux en particulier, ces troubles auraient leur contre-coup dans l'accomplissement des actes mentaux qui seront plus ou moins déviés de leur mode de fonctionnement » (1). Les recherches physiologiques nouvelles tendent de plus en plus à démontrer que dans

(1) Guyot, Loc. cit.

chaque glande, en dehors de sa sécrétion externe, pourrait-on dire, il existe aussi une sécrétion interne qui, se déversant dans le sang qui traverse la glande, agit comme modificatrice de ce sang. Ce peut être à la production d'une sécrétion interne inconnue, sorte de toxine, que l'on est redevable de troubles mentaux qui présentent nettement des phénomènes d'une véritable intoxication.

A l'époque de la puberté, par suite de l'accroissement subit, ou du moins rapide, du fonctionnement de l'ovaire, il peut être introduit dans le torrent circulatoire une toxine due à l'ovaire, toxine qui peut provoquer des troubles cérébraux d'ordre moral souvent graves et qui ne s'arrêtent pas toujours à la manie passagère. Quoique l'ovaire ne soit pas à proprement parler une glande, il est tout au moins probable que l'établissement de son activité s'accompagne de la production de déchets organiques qui sont portés avec le sang dans toutes les parties de l'organisme et qui peuvent se localiser, soit dans le système nerveux en produisant des troubles mentaux, soit dans les autres organes en produisant des troubles fonctionnels, digestifs ou autres.

Pendant la grossesse, les ovaires sont à l'état de repos et ne produisent plus d'ovules. Mais la glande peut fonctionner d'un fonctionnement qui, s'il n'est pas appréciable aux sens, peut être malgré tout réel. Les toxines qui ne sont pas éliminées, soit par les menstrues, soit par un autre émonctoire, peuvent rester dans l'organisme et produire des troubles psychiques, comme elles peuvent produire des vomissements ou toute autre manifestation d'une intoxication. On a attribué aux vomissements, dits incoercibles, de la grossesse une cause fœtale, c'est-à-dire que ces vomissements ne seraient que le résultat d'une véritable intoxication de la mère par le fœtus, par manque d'élimination des toxines sécrétées par les différents organes du fœtus et par ses déchets organiques.

De même on a attribué à l'éclampsie une cause toxique. L'urémie serait aussi un véritable empoisonnement par manque d'élimination.

» Quelques gouttes d'alcool apportées dans le cerveau par la circulation suffisent à rendre un homme autre que lui-même. Eh bien, ce que le vin produit pour quelques heures, un travail physiologique peut aussi le produire » [1].

Les exemples seraient nombreux si l'on voulait analyser les différentes maladies, et il semble que cette explication soit acceptable. Si l'expérimentation ne vient pas contrôler la théorie, c'est qu'il manque des éléments qui un jour ou l'autre pourront être découverts. La science physiologique est à l'heure actuelle beaucoup portée vers l'étude des sécrétions internes qui, peut-être, nous donnera des résultats auxquels nous ne nous attendons pas, lorsqu'on connaîtra le véritable fonctionnement de certaines glandes.

Notre conclusion sera donc qu'il est infiniment probable que les toxines engendrées dans les divers états physiologiques de la femme sont la cause des troubles mentaux observés, unis aux troubles circulatoires de nature congestive qui accompagnent la menstruation et la ménopause, chez des femmes déjà prédisposées par leurs tares ataviques ou sociales.

[1] Littré, *Philosophie positiviste*, 1878, p. 171.

CHAPITRE V

Quelle que soit l'idée qne l'on se fasse du libre arbitre, il est indiscutable que, sous certaines causes morbides ou autres, ce libre arbitre vient à disparaitre quelquefois, car on voit s'accomplir dans la vie des actes tellement incompréhensibles au premier abord que l'on ne peut nier la fatalité : l'Ἀνάγκη des Grecs, le *fatum* des Latins.

> Le bien et le mal sont d'antiques sornettes
> Et les humbles mortels de simples marionnettes
> Dont les fils sont aux mains de la nécessité.
>
> SULLY-PRUDHOMME.

Il semble que dans le cas des voleuses des grands magasins femmes du monde, les délinquantes ont perdu leur libre arbitre et sont plutôt des victimes que des coupables. En effet, la création dans une ville importante d'un grand magasin fait naitre ce vol spécial. De l'analyse psychologique de ces voleuses, il résulte qu'elles avouent n'avoir pas pu résister à l'obsession et à l'impulsion. L'obsession est une pensée ou une image qui s'installe dans l'esprit, s'y implante et entraine un besoin incessant de réalisation. L'impulsion ne diffère de l'obsession que parce que ce besoin de réalisation est passager et qu'une fois l'acte, souvent même délictueux, accompli le sujet possède sa tranquillité d'esprit jusqu'à ce que cette nouvelle force revienne avec le même caractère que précédemment. L'impulsion est une crise qui se manifeste sous différentes formes, mais est ordinairement unique et toujours la même. Les voleuses obéissent à une impulsion, et lorsqu'elle a été satisfaite, la femme redevient saine d'esprit et parfaitement normale. En effet, le sens moral persiste à l'état rudimentaire pendant leurs crises sexuelles et sous le nouveau mode de vitalité nerveuse qui s'est constitué, mais ce sens moral est considérablement diminué, et c'est pourquoi, tout en ayant l'intelligence et le discernement, l'impulsion maladive anéantit la liberté morale et devient irrésistible, sans même que l'on puisse incriminer la moralité de la malheureuse victime, qui est la première à gémir de sa situation.

Mais cette impulsion inexplicable et irrésistible au vol est théorique. Il faut une cause qui lui donne naissance et elle ne se montre que sous certaines influences. A part les crises qui font naître cette impulsion, notre voleuse sera la parfaite femme du monde. Le délire n'est que partiel et n'entraîne que des erreurs partielles. Le fou du Pirée qui se figure que tous les vaisseaux qui rentrent dans le port lui appartiennent ne se trompe que sur ce point et il sera responsable de ses actes toutes les fois que les vaisseaux ne seront point en jeu.

Quelle est, en effet, la responsabilité des voleuses des grands magasins que nous étudions? Sera-t-elle entière? Non, car si la loi a pour but de défendre la société, elle a aussi pour premier caractère d'être juste, et ce caractère disparaîtrait si elle frappait un être irresponsable des actes qu'il a commis. Ce serait imiter Xerxès qui faisait battre avec des verges la mer en furie qui empêchait ses navires de quitter le port.

L'article 64 du Code pénal dit :

« Il n'y a ni crime ni délit lorsque le prévenu est en état de démence au moment de l'action ou lorsqu'il y a été entraîné par une force à laquelle il n'a pu résister. »

Ne semble-t-il pas que c'est bien le cas de nos délinquantes? Cependant des auteurs qui font autorité n'ont pas admis cette manière d'envisager les choses. Les juges surtout, dont les attributions, j'allais dire la raison d'être, sont d'appliquer la loi, ont été d'abord un peu réfractaires à la compréhension de certains faits physiologiques et médicaux. Nous les res-

pectons trop cependant pour croire un instant qu'ils aient
été jaloux de laisser pénétrer les médecins dans leur prétoire.

Voici l'opinion de Stoltz, citée par M. le Professeur Lacassagne dans son *Traité de médecine judiciaire* : « Il faut reconnaître qu'une femme grosse possède son libre arbitre, absolument comme dans sa condition la plus ordinaire et qu'elle n'a
plus à attendre l'impunité pour des délits de droit commun,
parce qu'elle est grosse. Aucun médecin ne soutiendra la thèse
contraire. Cependant, le magistrat devra toujours faire la
part de la position exceptionnelle où se trouve la femme et
qui la rend plus impressionnable, mais sûrement moins
hardie que dans les conditions ordinaires de la vie » [1].

La magistrature actuelle tend de plus en plus, néanmoins,
à admettre que l'irresponsabilité peut exister.

Il ne faut pas, malgré tout, porter les choses à l'extrème.
On a pu abuser de la kleptomanie et lui enlever sa valeur au
point de vue pénal. Rappelons-nous ce dessin de Daumier
représentant un inculpé en prison et son avocat, la légende
dit :

— J'ai été condamné déjà plusieurs fois pour vol.

— Tant mieux, reprend l'avocat, nous plaiderons la kleptomanie.

Il y a des voleuses de grands magasins femmes du monde
qui peuvent être responsables, mais lorsqu'on peut trouver
un faisceau de faits qui prouvent leur irresponsabilité, on
doit la revendiquer pour elles. En effet, l'absence de mobile
qui les fait agir, l'inconscience et presque la puérilité avec
lesquelles elles commettent leurs vols, et enfin les tares nerveuses préexistantes, sans compter les manifestations des
maladies qui peuvent les atteindre et les différentes épreuves
de la vie sexuelle qu'elles traversent, sont autant de raisons
qui les rendent irresponsables. De plus, l'influence immorale
des grands magasins eux-mêmes, ces apéritifs du vol, comme
les appelle le professeur Lacassagne, peuvent, jusqu'à un

[1] LACASSAGNE, *Médecine judiciaire*, p. 483.

certain point, être pour elles une excuse. « Les femmes les plus sûres d'elles ont succombé à la tentation et dépassé le taux des dépenses qu'elles voulaient faire. Que doit-il en être chez les malades? Les grands magasins ont évidemment une influence fâcheuse sur les femmes. Voyons maintenant comment ils se défendent contre les voleuses.

A Londres[1], la police et les grands négociants ont dressé une liste de kleptomanes. Celle des grands magasins comprend environ huit cents noms de personnes aisées, une dizaine de noms d'hommes seulement. Quand un marchand s'aperçoit qu'un objet a été dérobé, il cherche à se rappeler les clientes kleptomanes venues dans la journée, prévient les parents, par une sorte de circulaire, de rapporter l'objet ou d'en payer le prix. Parfois la kleptomane n'a rien volé, mais elle ne peut se le rappeler avec certitude, elle n'oserait affirmer son innocence. Les parents paient pour en finir... et une dizaine de personnes répondent à la réclamation du marchand.

Ce procédé est peut-être d'une honnêteté douteuse, mais la morale est sauvegardée.

Voici comment l'on procède à Paris :

« La personne n'est pas arrêtée dans le magasin, car il lui serait trop facile de laisser tomber l'objet à terre et de dire qu'elle allait à la caisse le payer. Un inspecteur correctement habillé la suit dans la rue et l'invite, en forme très douce, mais avec des paroles sévères, à le suivre chez le commissaire de police ; ou bien, la dame est priée de se laisser fouiller dans un salon *ad hoc*, lorsqu'elle est arrêtée dans le magasin même. »

Le directeur du Grand Bazar de Lyon disait : « Il y a plus de kleptomanes que de voleuses, aussi souvent se contente-t-on de faire restituer l'objet. Quand on arrête une voleuse, on fait chez elle une perquisition et l'on retrouve ordinaire-

[1] LACASSAGNE, Vols dans les grands magasins. *Revue de psychiatrie*, 1896, p. 283.

ment tous les objets volés antérieurement. Les vrais voleurs auraient vendu les objets. »

Au point de vue prophylactique, que doit-on faire pour guérir ces malades ou arrêter le scandale que peut courir une famille respectable ? Il faut d'abord surveiller constamment les femmes qui pendant leurs règles ou leurs grossesses semblent avoir des propensions au vol, ne jamais les laisser sortir seules, quoiqu'elles échappent souvent à la surveillance :

Mme X..., âgée de trente-deux à trente-trois ans, riche, d'une grande distinction, très intelligente. Son mari occupait une haute situation dans le département qu'ils habitaient depuis quelques années à peine (¹). Elle ne pouvait passer devant un magasin sans y prendre tantôt un objet, tantôt un autre, le plus souvent sans grande valeur et n'étant pour elle d'aucune utilité. Quand le marchand s'approchait d'elle et lui adressait la parole, elle tirait son porte-monnaie et payait la valeur de l'objet qu'elle avait pris.

Parfois Mme X... s'éloignait sans payer, mais comme on la savait riche et honorable, on ne l'inquiétait pas autrement et on l'attendait. Bientôt des réclamations arrivèrent, le mari s'émut. Il fit accompagner sa femme et se contenta de renvoyer dans les magasins les objets dérobés. Cette situation ne pouvait évidemment se prolonger. Des plaintes furent adressées au parquet ; quelques marchands insistèrent pour que Mme X... fût poursuivie comme voleuse.

Il ne fut trouvé chez Mme X... aucun symptôme d'aliénation mentale, mais l'irresponsabilité fut déclarée.

« On devrait exiger dans les grands magasins un service d'inspecteurs qui, au lieu d'être cachés, anonymes, comme des agents de la sûreté, devraient avoir un uniforme évident. La crainte du gendarme étant le commencement de la sagesse, s'il y avait un agent en uniforme à chaque comptoir, il y aurait moins de vols. La surveillance actuelle a davantage pour but de surprendre les voleuses que de prévenir le vol.

(¹) LUNIER, Vols à l'étalage. *Annales médico-psychologiques*, 1880.

Quand un inspecteur voit une femme voler, il devrait lui montrer le chemin de la caisse au lieu de celui du commissariat. Beaucoup de femmes, comprenant la leçon, hésiteraient à recommencer...

» S'il y avait récidive, dit M. le Professeur Lacassagne, le commissaire de police devrait pouvoir à lui seul terminer la poursuite au lieu d'agir correctionnellement. On pourrait aussi interdire à ces voleuses l'entrée des grands magasins ».

Si ces mesures ne suffisaient pas et s'il fallait agir plus rigoureusement encore, les tribunaux ont à leur disposition la loi de sursis qui punirait moralement, en faisant craindre un châtiment plus fort s'il y avait une défaillance nouvelle. « Ce principe, en appelant l'indulgence du juge, concilie l'intérêt de la défense sociale avec le sentiment qui nous porte à excuser les actes dont la fatalité nous apparaît. »

Ce qu'il faut surtout, c'est soumettre les délinquantes à une expertise médicale qui, faite par un expert autorisé et compétent, montrerait la part de leur responsabilité en analysant l'état pathologique aussi bien que physiologique du sujet et en recherchant soigneusement toutes les conditions qui peuvent mettre la femme en état de moindre résistance et lui faire accomplir des actes que, seuls, peuvent expliquer le médecin et le biologiste.

CONCLUSIONS

1º L'institution des grands magasins, où tout est combiné pour séduire et tenter la femme, a contribué à faire naitre un vol spécial.

2º Les femmes ayant une tare nerveuse quelconque sont plus sujettes à faillir, alors surtout qu'elles sont mises en état de moindre résistance par les différentes évolutions de leur vie sexuelle.

3º Cette tendance au vol accompli par des femmes honnêtes et distinguées semble un réveil ou une réapparition de l'instinct primitif de la possession.

4º La kleptomanie chez les femmes en état de puberté, de menstruation, de grossesse ou de ménopause, peut s'expliquer par l'intoxication du système nerveux, par des toxines venant des sécrétions internes des glandes, et en particulier de l'ovaire.

5º L'irresponsabilité peut être admise, à condition que l'on rencontre chez ces femmes plusieurs faits ou preuves qui témoignent qu'elles ont agi sous l'influence d'un trouble du système nerveux et poussées par une impulsion à laquelle elles n'ont pas la force de résister.

6º Le grand magasin peut être regardé comme leur complice. Il est un danger, en raison de la facilité qu'il offre pour le vol et de la véritable sollicitation à ce délit qu'il constitue.

7º Les moyens prophylactiques contre les voleuses morbides seraient la surveillance des malades par leur famille, l'augmentation du nombre des inspecteurs en uniforme dans les magasins et l'intervention d'une expertise médicale autorisée dans les cas où la justice serait saisie.

Vu et bon à imprimer :

Le Président de la Thèse,
G. MORACHE.

Vu : *Le Doyen,*
A. PITRES.

Vu et permis d'imprimer :
Bordeaux, le 11 février 1904.

Le Recteur de l'Académie,
G. BIZOS.

INDEX BIBLIOGRAPHIQUE

CABANIS. — Rapports du physique et du moral, t. I et II.

DOGUEL. — Influence de la musique sur le système nerveux. *Presse médicale*, 13 juillet 1898.

ESQUIROL. — Traité des maladies mentales, 1836.

GUYOT. — Responsabilité et folie. Thèse de Bordeaux 1897.

GORSKY (Mme DE). — Folie puerpérale et sa nature. Thèse de Paris 1889.

LASÈGUE. — *Archives générales de médecine*, février 1880.

LUNIER. — Vols à l'étalage. Société de médecine légale, 1879.

— Vols à l'étalage. *Annales médico-psychologiques*, 1880, II, p. 211.

LACASSAGNE. — Compte rendu du Congrès d'anthropologie de Genève, 1890, p. 153.

— Précis de médecine judiciaire.

— Vols dans les grands magasins. *Revue de psychiatrie*, 1896, p. 283.

— *Lyon médical*, 6 décembre 1896.

WEILL (Mathieu). — Folie puerpérale. Thèse de Strasbourg 1851.

ROUSTAN. — Psychose puerpérale. Thèse de Bordeaux 1897.

WEBER. — Vols pour motifs sexuels. Société de médecine légale de Dresde, février 1890.

— Vols à l'étalage. Discussion à la Société de médecine légale, 1881, t. VII du *Bulletin*.

ZOLA (E.). — Au Bonheur des Dames. Fasquelles, éd., Paris.

MICHELET. — L'Amour. Hachette et Cie, 1859.

GUIMBAIL. — Les Morphinomanes. Baillière et fils. Paris, 1891.

BROUSSAIS. — Imitation et folie.

HOFFMANN (Fred.). — De mentis morbis ex morbos a sanguinis circulatione ortis, exercitatio medico-physico. Halle, 1700, in-4o.

MOREL. — Traité des dégénérescences physiques, intellectuelles et morales.

SÉGLAS (J.). — Auto-intoxication et délire. *Presse médicale*, 3 et 31 décembre 1898.

Popoff. — Auto-intoxication cause des troubles psychiques. *Revue neurologique*, 15 octobre 1902.

Dubuisson. — Les voleuses des grands magasins. Storck, éd., Paris, 1903.

Jaisson. — Psychoses puerpérales. Thèse de Paris 1898.

Régis (E.). — Psychoses d'auto-intoxication. *Archives de neurologie*, avril 1899, p. 278.

Régis (E.). — Délires d'auto-intoxication. *Presse médicale*, 3 août 1898.

Guimbail. — Ménopause et folie. Thèse de Paris 1884.

Trenel. — Délires menstruels périodiques. *Annales de gynécologie*, mars 1898.

Bouffe de Saint-Blaise. — Auto-intoxication gravidique. *Gazette des hôpitaux*, n° 121, 22 octobre 1898.

Meunier. — Observation d'un cas de kleptomanie terminé par un accès d'urémie à fièvre nerveuse. *Revue de psychiatrie*, 1901.

Leubuscher (Dʳ). — Abolition de la volonté. *Allgemeine Zeitschifft für Psychiatrie*. 4ᵉ cahier, 1847.

Dubuisson. — Archives d'anthropologie criminelle, 15 janvier 1901 et suiv.

Sauvage (Dʳ). — Psychose de la ménopause. Société de médecine de Londres; analysé dans *Tribune médicale*, n° 46, novembre 1893.

Littré. — Philosophie positiviste, 1878, p. 171.

Dagonet. — Conscience et aliénation mentale. *Annales médico-psychologiques*, 1880, p. 388, I et 19, II.

Brière de Boismont — *Annales médico-psychiques*, 1851.

Ball (Prof.). — *Annales de psychiatrie*, 1892.

Auvard. — De l'instauration menstruelle et de la ménopause. *Journal de médecine de Paris*, mars 1898.

Bontemps. — Vols à l'étalage et dans les grands magasins. Thèse de Lyon 1894-95.

Morache. — Responsabilité criminelle au xxᵉ siècle et la loi de pardon. *Revue scientifique*, 1901.

Marro (Antoine). — La puberté chez l'homme et chez la femme. Trad. française de Medici et Marie. In 8°. Paris, Schleicher, 1901.

Bordeaux. — Imprimerie du Midi. P. Cassignol, 91, rue Porte-Dijeaux.